センス・オブ・
ワンダー
The Sense of
Wonder

レイチェル・
カーソン

森田真生
訳とそのつづき

西村ツチカ
絵

筑摩書房

センス・オブ・ワンダー

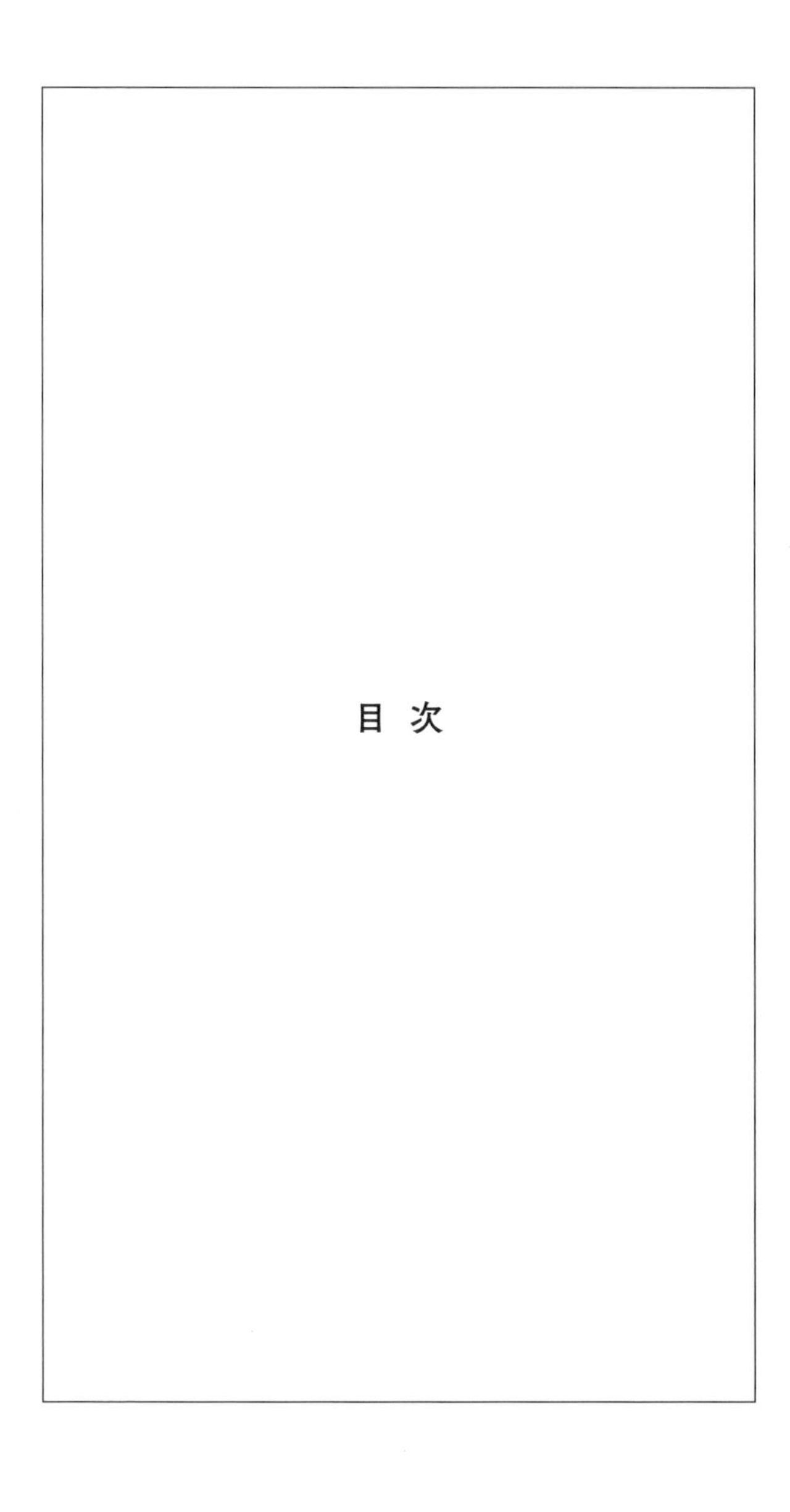

目 次

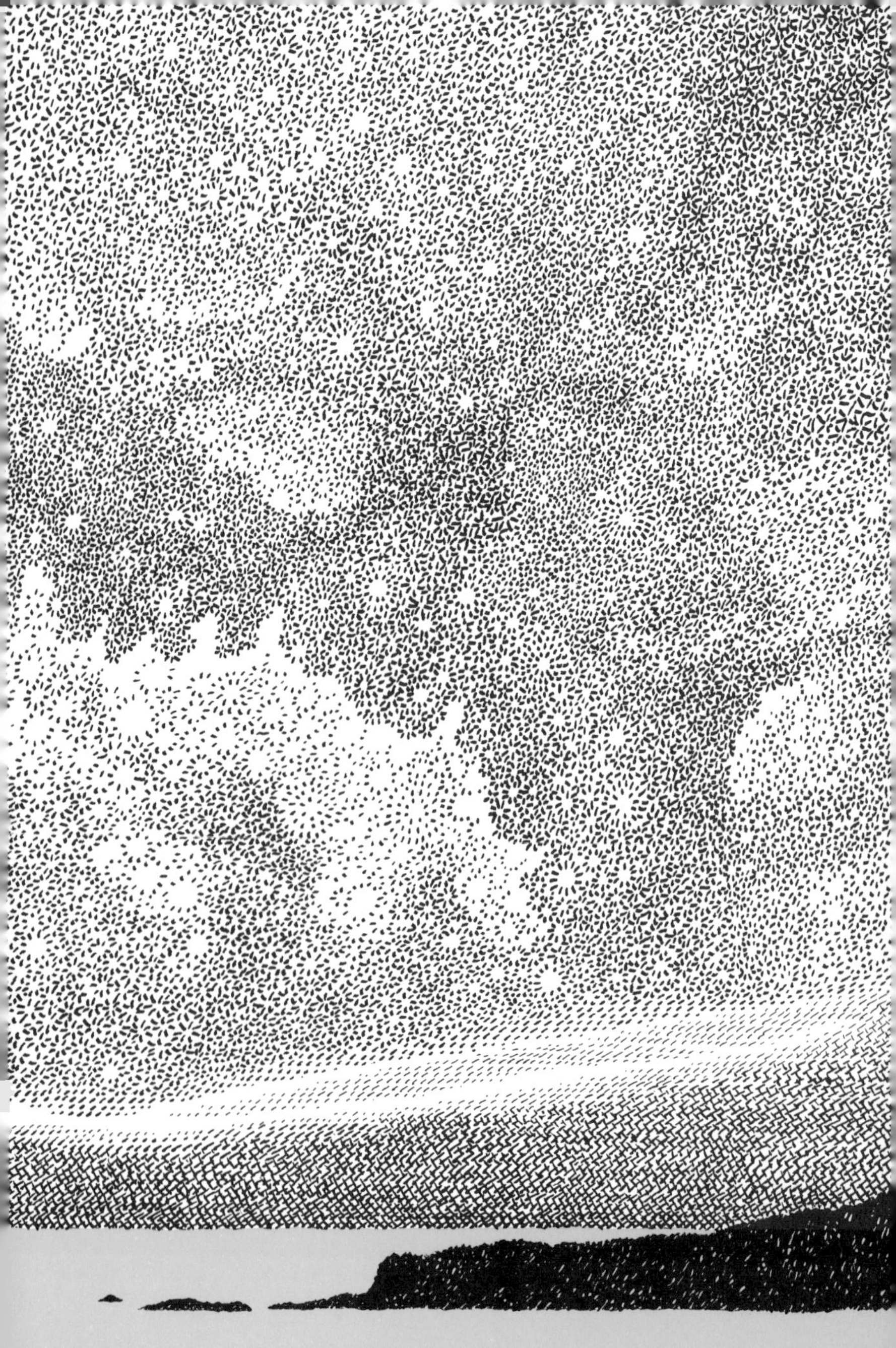

センス・オブ・ワンダー

レイチェル・
カーソン
文

森田真生
訳

レイチェル・カーソンは
『センス・オブ・ワンダー』を
さらにふくらませたいと考えていたが、
これが叶う前に、彼女の命は尽きてしまった。
彼女が、完成の暁には
そうしたいと願っていた通り、

この本をロジャーに捧ぐ。

　ある秋の嵐の夜、私は、当時まだ一歳八ヶ月だった甥（おい）のロジャーを毛布にくるんで、雨が降りしきるなか、海辺に下りていきました。夜の海では、大きな波がとどろいていました。暗闇の向こうから、白く、ぼんやりとかすんだ波が、叫ぶような音をたて、私たちにさかんに泡（あぶく）のかたまりを投げつけてきます。

　私たちは、喜びそのものを感じ合って笑いました。海の神様（オケアノス）の激情に初めて触れた幼な子と、半生をともにしてきた海とほとんど交じり合ってしまっている私と——広大な海の荒々しい響きのなかで、私たちはあの夜、背筋にほとんど同じ興奮を感じていたと思います。

　それから一、二日すると嵐もすっかり吹き去り、私はロジャーをまた海辺に連れていきました。懐中電灯で、夜の闇に光の円錐をうがちながら私たちは海岸線を歩きました。雨こそ降っていなかったものの、砕ける波と、執拗（しつよう）に吹く風の音で、相変わらず騒がしい夜でした。偉大で最も根元的（エレメンタル）なものたちが、明らかに時間と場所のすべてを支配していました。

　この日の夜の冒険は、生命（ライフ）にかかわるものでした。というのも私たちはこのとき、幽霊ガニを探していたのです。あの砂色をした、足の速い生き物です。ロジャーも昼間に何度かこの浜辺でその姿を見かけたことはありましたが、もっぱら夜行性のこのカニは、夜の浜辺をうろついているとき以外は、波打ち際近くに小さな穴を掘って、海がなにかを運んできてくれるのをただじっと待ち構えるようにして隠れているのです。

　無慈悲なまでの海の力強さを前にしては、あまりに孤独で脆いこの小さな生き物たちの姿を見ていると、私は心揺さぶられ、なんだか哲学的な気持ちにすらなってしまいます。ロジャーが同じように感じていたと言うつもりはありませんが、彼が、根元的なものたちが織りなすこの世界を、幼いなりに受け入れているのを目にするのは嬉しいことでした。風の歌も、暗闇も、打ち寄せる波の鳴り響く音も恐れず、子どもらしい喜びを全身で表現しながら、彼は「ユウレイ」を探し始めるのです。

　こんなに小さな子を楽しませる方法としては、ふつうではなかったかもしれませんが、ロジャーがごく幼いころに始めた私たちの自然界での冒険は、彼が四歳になったいまも続いています。続けてきてよかったと思います。

冒険は穏やかな日のときもあれば嵐の日のときもあり、昼のこともあれば夜のこともあります。教えることより、一緒に楽しむことが、私たちの冒険の基本です。

*

私は夏休みをいつもメイン州の海辺で過ごしています。ここに私だけの海岸と小さな森があって、ベイベリー（北アメリカに自生するヤマモモの一種）やビャクシン、ハックルベリーが岸辺の花崗岩（かこうがん）の縁（へり）から自生しています。湾から小高い丘へと木々のあいだをのぼっていくと、トウヒやモミのいい香りがしてきます。足もとにはブルーベリー、チェッカーベリー（ヒメコウジ）、トナカイゴケやバンチベリー（ゴゼンタチバナ）が、地面に北部の森らしい多様な模様を描き出しています。

トウヒに覆われた丘の斜面（ここを私たちは「原生林（ワイルドウッド）」と呼んでいます）には、シダが生茂る日陰の谷や、ゴツゴツとした岩の露出している場所もあって、アツモリソウやウッド・リリー（北アメリカに自生するユリの一種）が咲き、すらりとしたツバメオモトのまるで魔法の杖のような茎の先に、藍色の果実がなっています。

ロジャーがここにきて、二人で森を歩いているときに、私は植物や動物の名前を教えたり、説明したりしようとことさら意識したことはありません。「これを見て」「あれを見て」と、彼に呼びかけるときの私は、年上のだれかと発見を分かち合うときと同じで、一緒に見ているものに感じる自分の喜びを、ただ素直に表現するだけなのです。

あとになって、植物や動物の名前が、それでも彼の心にちゃんと残っていると知って、驚かされることもたびたびでした。実際、この森にいる植物を写したカラースライドを見せると、彼は見事に名前を言い当てるのです。

「あ、レイチェルおばさんが好きなバンチベリー！」

「それはバクチン（ビャクシン）だけど、緑の実は食べちゃダメなんだよ。リスさんのだから」

どれだけくり返し知識を暗記しようとしたとしても、友だちのようにこうして二人で一緒に森の探検に出かけていく以上に、植物の名前を心に刻みつけることは、できなかっただろうと思います。

*

私の別荘には、岩だらけのメイン州では、かろうじてビーチと呼んでも許されるかもしれない小さな三角形の砂地が岩場のあいだにあって、ここで、ロジャーは植物と同じように、貝の名前も覚えていきました。まだ一歳半のころ、彼はそれらを「ウィンキー（ペリウィンクル、タマキビ科に属する巻貝の仲間）」、「ウェク（ウェルク、巻貝の仲間）」、「マッキー（マッスル、イガイ科に属する二枚貝の仲間）」などと呼びました。名前を教えようとしたことなど一度もないのに、いったいどうして覚えたのかわかりません。

寝るのが遅くなるとか、服が濡れたら着替えるのが大変だとか、絨毯（じゅうたん）が泥だらけになってしまうとか、めんどうな結果を恐れて、ふつうは大人が子どもにやらせないようなことでも、私たちはロジャーが、大人と同じように楽しむことを許しました。

きらきらした銀の光で海を照らす満月が、湾の向こう岸にゆっくり沈んでいくのを、私たちは夜のリビングの大きな窓から、一緒にいつまでも眺め続けました。海辺の岩に埋まった雲母の破片は、光が当たるとまるで何千ものダイヤのようでした。そうした風景が、毎年毎年、彼の幼い心に映像として刻まれていくことは、そのせいで失われる睡眠よりもずっと、将来の彼にとって意味があるはずだと、私たちは感じていたのだと思います。

ロジャーも彼なりの方法で、同じように感じていると打ち明けてくれたことがありました。去年の夏、彼がきた次の日の満月の夜です。ロジャーは、私の膝の上に乗って、月と、海と、大きな夜空をしばらく見つめたあとに、ふと、こうささやいたのです。

「きてよかったね」

*

雨の日こそ、森で散歩するには最高のとき――私はいつもそう思っています。雨の日ほどメイン州の森が瑞々(みずみず)しく、活気づいていることはありません。

針葉樹の葉は銀のさやをまとい、シダは熱帯を思わせるほど青々と茂っています。その葉から輝く滴が、いまにもこぼれ落ちそうになっています。からし色や杏色、緋色の不思議な色のキノコが腐葉土のなかから立ち上がり、銀や緑のあざやかな色の地衣類やコケが、ほんとうにいきいきとしています。

自然は、子どもたちに対してもまた、一見すると陰鬱そうな日にこそ、とっておきのご褒美を用意しているものです。去年の夏、雨でびしょ濡れになりながら森を散歩しているときに、ロジャーがそう気づかせてくれました。もちろん言葉で教えてくれたのではなく、森で遊ぶその姿が物語っていたのです。

何日も雨と霧が続いていました。強い雨がリビングの大きな窓を叩き、霧で湾の景色もほとんど見えませんでした。仕かけた罠をいつも確認しにやってくるロブスター漁師も、海辺のカモメも、リスでさえほとんど見当たりませんでした。好奇心旺盛な三歳児にとって、コテージは窮屈になり始めていたのです。

「森にちょっと散歩に行ってみない？」

私は言いました。

「もしかしたらキツネかシカに会えるかもしれない」

こうして私たちは、黄色い防水コートにレインハットをかぶって、期待に胸をふくらませながら外に出たのです。

*

石の上の銀色の輪っか、あるいは、骨や、角(つの)や、海の小さな生き物の甲羅(こうら)のような奇妙な形――どこかおとぎの国を思わせる地衣類がむかしから大好きだった私にとって、雨が地衣類を魔法のように変化させていく様子にロジャーも気づき、心動かされているのを見るのは嬉しいことでした。

森の道は、トナカイゴケと呼ばれる地衣類（コケと呼ばれていますが本当は地衣類なのです）で覆(おお)われていて、これがまるで緑の森に敷(し)かれた銀灰色(ぎんかいしょく)の絨毯のように、あちこちで時折(ときおり)まわりにはみ出しながら、細長い小径(こみち)を描いているのです。

乾燥しているときの地衣類の絨毯は薄く感じられます。もろくて、足もとでぼろぼろ崩れていくのです。ところがいまは、スポンジのようにたっぷり水を吸って、深く、バネのように弾みます。その質感を面白がってロジャーは、ぽっちゃりとした膝をくっつけてみたり、深々とした弾力の絨毯のこっちからあっちへと、歓声(かんせい)をあげながら飛び跳ねたりしています。

初めて「クリスマスツリーゲーム」をやったのもここでした。あたりにはトウヒの幼木(ようぼく)がたくさん生えていて、ロジャーの指くらい短いのもふくめて、あらゆる大きさの実生(みしょう)を見つけることができました。

私は、幼木を一つずつ指差しながら言いました。

「これはきっとリスさんたちのクリスマスツリーね」

「ちょうどいい高さだもの。クリスマスイブには、赤いリスさんたちがここにきて、小さな貝殻や、まつぼっくりや、地衣類の銀の糸で、飾(かざ)りつけをするのよ。そしたら雪が降ってきて、キラキラの星でいっぱいになって、朝にはリスさんたちの素晴らしいクリスマスツリーのできあがり。……見て、これなんてもっと小さいわ。きっとなにか、とっても小さな虫のためのツリーでしょうね――この少し大きめなのは、ウサギかウッドチャックのツリーかしら」

このゲームがひとたび始まると、「クリスマスツリーを踏まないで！」という叫び声をときどき挟みながら、森の散歩のあいだいつまでも、この遊びが続いていくのです。

*

子どもの世界は瑞々しく、いつも新鮮で、美しく、驚きと興奮に満ちています。あのまっすぐな眼差(まなざ)しと、美しくて畏怖(いふ)すべきものをとらえる真の直観が、大人になるまでにかすみ、ときに失われてしまうことさえあるのは、残念なことです。子どもたちの生を祝福する心優しい妖精(ようせい)に、なにか願いごとができるとするなら、私は世界中のすべての子どもたちに、一生消えないほどたしかな「センス・オブ・ワンダー（驚きと不思議に開かれた感受性）」を授けてほしいと思います。それは、やがて人生に退屈し、幻滅(げんめつ)していくこと、人工物ばかりに不毛(ふもう)に執着(しゅうちゃく)していくこと、あるいは、自分の力が本当に湧き出してくる場所から、人を遠ざけてしまうすべての物事に対して、強力な解毒剤(げどくざい)となるはずです。

妖精の力を借りずに、生まれ持ったセンス・オブ・ワンダーを保ち続けようとするなら、この感受性をともに分かち合い、生きる喜びと興奮、不思議を一緒に再発見していってくれる、少なくとも一人の大人の助けが必要です。

親はしばしば、自分の無力さを感じるものです。なにしろ、子どもの繊細な心はこんなにも好奇心にあふれているというのに、自然は複雑で、あまりにもたくさんの未知の生き物たちがいて、そのすべてを単純な秩序や知識にまとめることなど、とうていできそうにないからです。思わず自虐的な気持ちになって、こんな風に叫びたくもなるでしょう。

「いったいどうやってこの子に自然を教えたらいいの――鳥を見分けることすら、自分にはできないというのに！」

子どもにとって、そしてわが子を導こうとする親にとって、知ることは感じることにくらべて半分も重要ではないと、私は心から思っています。事実が、やがて知識や知恵を生み出す種子だとしたら、感情や、感覚に刻まれた印象は、種子を育てる肥沃な土壌です。幼年期は、この土壌を豊かにしていくときです。美しさの感覚、新しくて未知なものに出会ったときの興奮、共感や哀れみ、称賛や愛情――こうしたさまざまな感情がひとたび呼び覚まされたあとになってようやく、私たちは心動かされたその対象を、もっと知りたいと思うようになるのです。このようにして得られた知識はいつまでも、かけがえのない意味を持ち続けることになるでしょう。

消化の準備すらできていない事実を、次々と与えようとしなくてもいいのです。まずは子どもがみずから「知りたい」と思うように、導いてあげることが大切です。

＊

もしあなたが親として、自然について子どもに教えられることなどほとんどないと感じているとしても、できることはたくさんあります。いまいる場所で、特別な材料などなくても、子どもと一緒に、空を見上げることができます。夜明けや黄昏(たそがれ)の空の美しさ、雲の動き、夜空に浮かぶ星々……。

風に耳を澄ますこともできます。森を吹き抜ける風の荘厳(そうごん)な響きや、家やアパートのまわりをめぐる風のにぎやかなコーラス。そうした音にじっと耳を傾けているだけで、思考は魔法のように解き放たれていくでしょう。

顔に雨を感じながら、雨がたどってきた旅路に思いを馳(は)せることもできます。海から大気、そして大地へと、姿を変えながら長旅をしてきた雨です。

都会でも、公園やゴルフ場など、神秘的な鳥の渡りや、季節の移り変わりを観察できる場所がきっと見つかるはずです。子どもと一緒に、種子が芽生え育っていくことの不思議に、思いをめぐらせてみることもできるでしょう。キッチンの窓辺のポットに植えられた種子でもいいのです。

子どもと一緒に自然を探索することは、身の回りにあるすべてをもっと感じ始めることです。自分の目と耳、鼻と指先の使いかたを学び直しながら、使わなくなっていた感覚の経路(チャネル)を、ふたたび開いていくのです。

私たちはたいてい、この世界の知識の大部分を、視覚を通して得ています。とはいえ、いつもちゃんと目を見開いているわけではないので、実際には半ば盲目なのです。これまで見逃していた美に目を開く方法の一つは、自分にこう問いかけてみることです。

「いま、これを見るのが、人生で初めてだとしたら？」

「もし、これを二度と見ることができないとしたら？」

ある夏の夜、こうした考えに私自身、強く襲(おそ)われたことがありました。月の出ていない、晴れた夜でした。友だちと一緒に私は、あたり一面を海に囲まれた、まるで小さな島のような平らな岬(みさき)を歩いていました。水平線がはるか遠くで、宇宙を縁(ふち)どっていました。私たちはその場で、仰向(あおむ)けになって空を見上げました。暗闇のなか、何百万もの星々が輝いていました。

湾の入り口の向こうから、岩礁の上に浮かぶブイの音が聞こえてきます。それくらいしんとした、ほんとうに静かな夜でした。一度か二度、向こう岸で話しているひとの言葉が、澄んだ空気に乗って運ばれてきました。いくつかのコテージが窓にあたたかな光を灯らせています。そのほかには、私たち以外に人間がいることを、物語るものはなにもありません。私と、友人と、星空だけです。

夜空を流れる霧のような天の川。明るく、くっきりと浮かび上がる星座の模様。地平線近くで輝く惑星。どれも、こんなに美しい姿は見たことがありませんでした。流れ星が、ひとつかふたつ、地球の大気に燃やされて、消えていきました。

この光景が百年に一度しか、あるいは、一世代に一度しか見られないものだとしたら、この岬はきっと、見物客でごったがえすにちがいないと思いました。ところが実際には、一年のあいだだけでも、何度も見られる機会があります。だからこそ、コテージには火が灯っているのです。そのなかにいる人たちは、いままさに頭上に広がるこの美について、きっと気にも留めていないにちがいありません。見ようと思えばいつでも見られるからこそ、いつまでも見ないままになってしまうのです。

まるで果てしない宇宙空間に思考が解き放たれ、駆けめぐっていくかのような経験。こうした経験は、星の名前を一つも知らなくても、子どもと分かち合うことができます。美を深く味わい、いま見ているものの意味に思いをめぐらせてみるために、星の名前を知っている必要などないのです。

*

そして本来もっと注目されるべきなのは、小さなものたちが織りなす世界です。私たちよりも小さく、いつも地面の近くにいるからでしょうか、多くの子どもたちが、微細で目立たないものにも気づき楽しむ力を持っています。大人がいつも慌てて、部分ではなく全体ばかりを見ているせいで見落としている美も、彼らとならば簡単に、見つけ出していくことができるはずです。ルーペを雪の結晶に向けたことのある人ならだれでも知っている通り、自然の最も見事な仕事は、しばしばとても小さなスケールで行われているものです。

虫眼鏡かルーペにたった数ドルかけるだけで、新しい世界が開けてくるでしょう。あたりまえで、つまらないように思えるものでも、子どもと一緒にルーペで覗いてみてください。

たったひとつまみの砂粒が、バラや水晶のような色のきらめく宝石や、光り輝く黒玉のビーズのように見えてくるかもしれません。小人の世界の岩石、ウニのトゲ、巻貝の殻のかけらの寄せ集めのようにも見えてくるかもしれません。

コケの塊をレンズで拡大してみれば、奇妙な形の木々が鬱蒼と茂るなか、まるでトラみたいに大きな虫がうろつく熱帯の密林が浮かび上がってくるでしょう。池の水草や、海藻を少しガラスの容器に入れてレンズで観察すれば、あふれかえるほど多くの不思議な生き物たちが見えてきて、何時間でも楽しめるでしょう。

花（特にキク科の花）、木の葉の芽や蕾、あるいはどんな小さな生き物も、レンズの助けを借りて、人間のスケールの制約から解き放たれたとき、思いもよらない美しさと複雑さを、私たちに見せてくれるのです。

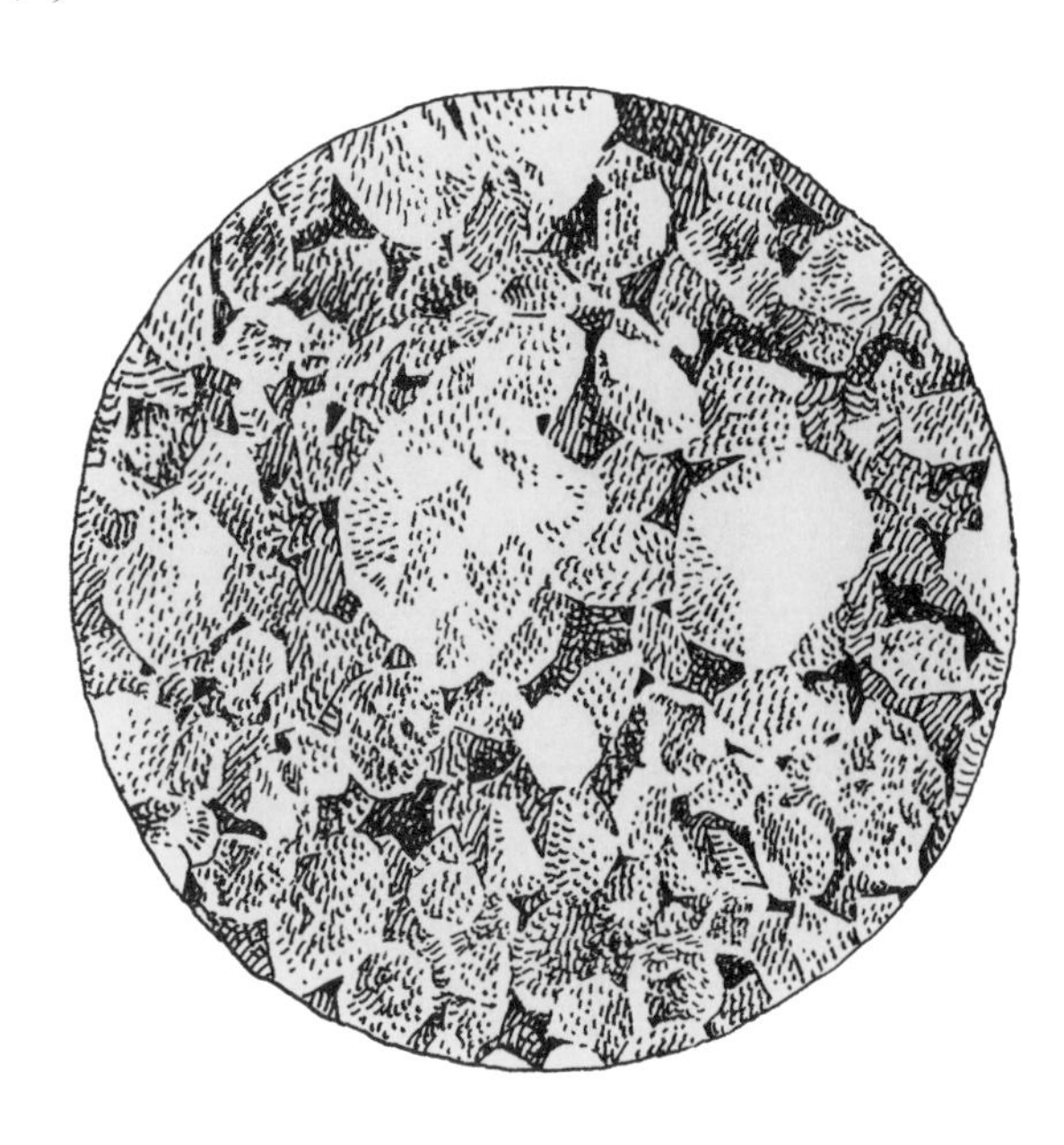

＊

視覚以外の感覚もまた、私たちを新たな喜びや発見に導きながら、いろいろな記憶や印象を心に残してくれます。私とロジャーは朝早くからすでに、コテージの煙突からただよう薪のさわやかな澄んだ香りを楽しんでいました。海辺に出たあとは、干潮の香りを味わいました。海藻や魚、奇妙な形や習性の生き物たちがいる世界、規則正しく引いたり満ちたりする海、露わになったままの干潟や、乾いた岩に霜のようにはりついた塩——あらゆるところからやってくるいくつものにおいが混ざり合い、本当に素晴らしい香りがするのです。

ひさしぶりに海にもどってきたときに、この香りが鼻腔（びくう）に届く刹那（せつな）に感じる懐かしい歓びを、ロジャーにもいつか、経験してほしいと思います。なにしろ嗅覚（きゅうかく）には、ほかのどんな感覚よりも強烈に記憶にはたらきかける力があるので、これをもっと活かさなければもったいないと思います。

聴覚もまた、意識的に育てていくことができれば、さらに素晴らしい喜びの源泉になるでしょう。モリツグミのさえずりなど一度も聞いたことがないと、かつて私に打ち明けてきた人たちもいます。ところが私は、彼らの家の裏庭にも毎年、春になるとこの鳥の鈴の音のような歌声が、響いていることを知っているのです。ちょっとしたヒントや例を示してあげれば、子どもたちも鳥の多様な声を聞き分けられるようになるはずです。

壮大な雷のとどろき、風のささやき、海の波や流れる川の響きなど、地球の発する声とその意味にじっくり耳を傾け、時間をかけて言葉にしてみてください。

もちろん、生き物たちの声もです。だれもが子どものうちに一度は、春の夜明けの鳥たちの合唱を、自分の耳で聞いておくべきです。その日のために特別早起きをして、まだ暗いうちから外に出かけた経験を、子どもはきっと忘れないでしょう。

一番初めの声は、夜が明ける前から聞こえてきます。単独で歌うこの最初の歌い手たちの声を聞き分けるのは、それほど難しいことではありません。カーディナルが何羽か、まるで犬を呼ぶときの口笛のようにはっきりとした、勢いのある高い声を発しているかもしれません。やがて、上品で優美な、まるで夢のような懐しいノドジロシトドの歌声も聞こえてくるでしょう。どこか遠くの森の一角で、ホイップアーウィルヨタカがいつものあの「ホイップ・プアー・ウィル」という単調でリズミカルな夜鳴きを、執拗にくり返しています。それはただ聞こえるというより、まるで肌にじかに触れてくるかのような声です。

コマツグミ、モリツグミ、ウタスズメ、カケス、モズモドキの声も加わってきます。コマツグミが増えてくるにしたがって、合唱の音量は高まり、その激しいリズムがほどなく野生のメドレー全体を支配していきます。夜明けのこの合唱はさながら、生命の鼓動そのもののようです。

＊

生き物たちが奏でる音楽は、鳥の鳴く声だけではありません。私はすでにロジャーとこの秋、草むらや植え込みや花壇のなかにいる小さなヴァイオリン奏者たちを探しに、夜の庭に懐中電灯を持って出かける約束をしています。虫たちのオーケストラは、真夏から秋の終わりにかけて、夜ごと脈打つように音を増減させながら演奏を続けていきます。そしてやがて、霜の降りるほどの夜の寒さに、小さな演奏者たちのからだがこわばり、かじかみ始めると、ついにオーケストラの最後の一音が、長い冬のなかへと消えていくのです。

懐中電灯で小さな音楽家たちを探す一時間の冒険に、どんな子も大喜びするでしょう。小さなからだでじっと目を見開いて待っているあいだに、夜の世界がいかに不思議で、美しく、いきいきとしているかを感じることでしょう。

これは、オーケストラが奏でる音楽全体を聴くというよりも、それぞれの楽器に耳を傾け、演奏者がどこにいるかを見つけようとする遊びです。たとえば、甘く、甲高く（かんだかく）、いつまでも続くトリルに誘われ、一歩ずつ茂みのほうへ引き寄せられていくと、そこに、まるで月明かりのようにはかない羽をつけた淡い緑色の虫の姿が見つかるかもしれません。

あるいは、庭の小径のどこかから、陽気で、リズミカルな虫の音が聞こえてくる。それは、暖炉（だんろ）のパチパチする音や、猫がゴロゴロと喉を鳴らすときのような、懐かしく、ほっとする、ぬくもりのある声です。懐中電灯を下に向ければ、黒いケラが草に覆われた巣穴のなかへ、潜り込んでいく瞬間が見えるかもしれません。

なかでも決して忘れられないのは、私が「鈴ふり妖精」と呼んでいる虫です。その姿を私はまだ見たことがないのですが、見てしまいたくない気もします。その声は——そしてその声の主もきっと——この世のものとは思えないほど優美で繊細なので、これまでどれほど探してもそうだったように、姿を現さないままでいてほしいのです。

かぎりなく小さな妖精が、もし鈴を鳴らしたら、きっとこんな音がするに違いありません。その鈴の音は、言葉にできないほど透明で、聞こえるか聞こえないかわからないくらい微（かす）かなので、音がする空き地のほうに近づいていくときには、息を殺していかなければなりません。

夜は虫の声だけでなく、春は北に、秋は南に向かって急ぐ渡り鳥たちの声にも耳を傾けるときです。風のない穏やかな十月の夜に、子どもを外に連れて、車の音がしない静かな場所を探してみてください。そこで立ち止まり、頭上に広がる夜空のアーチに意識を集めながら、じっと耳を澄ましてみるのです。

ほどなく、小さく微かな音が聞こえてきます。短くするどい声や、かすれた口笛のような音、地鳴き――空に散らばる仲間の存在を確かめ合う渡り鳥たちの声です。

私はいつも、この鳥たちの声を聞くと、いくつもの気持ちが混ざった感情の波に襲われます。彼らはどれほど長い距離を、孤独にわたってきたのでしょうか。自分の意思を超えた力に支配され、突き動かされている健気(けなげ)で小さな生き物たち。しかも彼らは、いまの人間にはとても説明できないような、方角や道順についてのたしかな直観を持っているのです。

満月の夜に、渡り鳥の声が空を満たしているとき、もし子どもが望遠鏡や双眼鏡を使える年頃だとしたら、ここからもう一つの冒険が始まります。月の手前を横切る渡り鳥を観察するのです。これは近年娯楽(ごらく)として人気を集めているだけでなく、科学的にも重要な意味を持ち始めているのですが、私の思うに、適齢に達した子どもにとって、鳥の渡りの不思議に目覚める恰好(かっこう)の機会です。

居心地のいい場所に座って、レンズの焦点を月に合わせてみてください。そこからは少しだけ辛抱が必要になります。なにしろ、たまたま同じルートに渡り鳥が集中しているときでもないかぎり、鳥が視界に入ってくるその瞬間まで、場合によっては何分も待つことになります。

待っているあいだは、月の地形を観察するのもいいでしょう。特別性能がいい双眼鏡でなくても、宇宙に興味のある子どもを十分魅了できるくらい、月の表面の詳細な姿が見えてくるはずです。そうこうしているうちに、鳥たちが視界に入ってくるでしょう。夜の闇から闇へと移る束の間に、ちらりと姿を見せる孤独な旅人たちです。

ここまで私は、鳥や、虫や、石や、星など、この世界を分かち合う生物や無生物の同定の仕方については、ほとんど話題にしてきませんでした。もちろん、興味のあるものの名前がわかるに越したことはありませんが、それはまた別の問題で、名前を知るだけなら、ある程度の観察眼と、比較的入手しやすいハンドブックの類があれば十分なのです。

もし同定の遊びに価値があるとするなら、それは遊びかたにかかっていると思います。名前を特定すること自体が目的になってしまえば、遊びはほとんど無価値なものになるでしょう。生命の不思議に触れて息をのむような経験を一度もしたことがないままでも、だれかが見つけて同定した生き物の長いリストを、作ることならできてしまうのです。

たとえば八月のある朝に、渡り途中のシギが浜辺にいるのを見つけたときに、この鳥がチドリの仲間ではなくシギの仲間だと子どもが知っていることよりずっと、この鳥はいまなぜここにいて、これからどこへ行こうとしているのだろうかと、渡りを不思議に思う気持ちを少しでも感じさせてくれる質問をしてもらえるほうが、私にとっては嬉しいことなのです。

*

自然を畏れ、不思議に思う感受性や、人間の存在を超えたものを認識する心を持ち、強くしていくことには、いったいどんな価値があるのでしょうか。自然界の探究は、黄金の子ども時代を、楽しく過ごすための方法にすぎないのでしょうか。それとも、そこにはもっと深いなにかがあるのでしょうか。

もっとずっと深いなにか、とても重要で、永続するなにかがあると、私は確信しています。科学者であろうがなかろうが、この地球の美と不思議のなかに住まう者は、決して一人きりになることはないし、人生にくたびれることもないのです。日々のなかにどんな悩みや心配があろうと、その思考は、内なる充足と、生きることの新鮮な感動に至る道を、やがて見つけることができるはずです。

地球の美しさをよく観察し、深く思いをめぐらせていくとき、いつまでも尽きることがない力が、湧き出してきます。鳥の渡りや潮の満ち引き、春を待つ蕾の姿には、それ自体の美しさだけでなく、象徴的(シンボリック)な美しさがあります。夜はやがて開け、冬のあとにはまた春が来る――くり返す自然の反復(リフレイン)には、人を果てしなく癒(いや)す力があります。

数年前に九三歳で亡くなるまで、鋭敏な思考力を最後まで失なわなかったスウェーデンの著名な海洋学者オットー・ペテルソンのことを思い出します。父と同じように世界的な海洋学者になった彼の息子は、最近出した本のなかで、父がいかにいつも新しい経験や発見を真剣に楽しんでいたかを、次のようにふりかえっています。

「彼は根っからのロマンティストでした。この宇宙の生命と神秘に、深く恋をしていました」

地球の風景を楽しむために、自分に残された時間がわずかだと覚ったとき、オットー・ペテルソンは、息子に次のように語ったそうです。

「最期に私を支えてくれるのは、これからやって来るすべてのことへの無限の好奇心です」

*

センス・オブ・ワンダーは生涯にわたって持続し得るものだと雄弁に物語る手紙が最近、私の手もとに届きました。それは、休暇を過ごすのにいい海岸はないかと、私に助言を求める読者からの手紙でした。文明の喧騒(けんそう)を離れてゆっくり浜辺を散策することができ、古くていつも新しい世界を探検できるような、自然が残されている場所を、彼女は探していました。

残念そうに彼女は、険しい北部の海岸は候補から外していました。彼女はこのあたりをずっと愛してきたそうなのですが、まもなく八九歳を迎える彼女にとって、メイン州の岩場を自分の力だけで乗り越えていくことは、さすがにもう難しいかもしれません。

この手紙を読んで私は、八〇年前にもきっとそうだったように、彼女の若々しい頭脳と精神のなかで、自然を不思議に思い、驚き続ける気持ちが、いまも炎のように燃えていることを感じて、心があたたかくなりました。

自然との触れ合いがもたらしてくれるいつまでも尽きることがない喜びは、科学者だけのものではありません。それは、大地と、海と、空と、その驚くべき生命とともに生きようとするすべての人に、ひとしく開かれているのです。

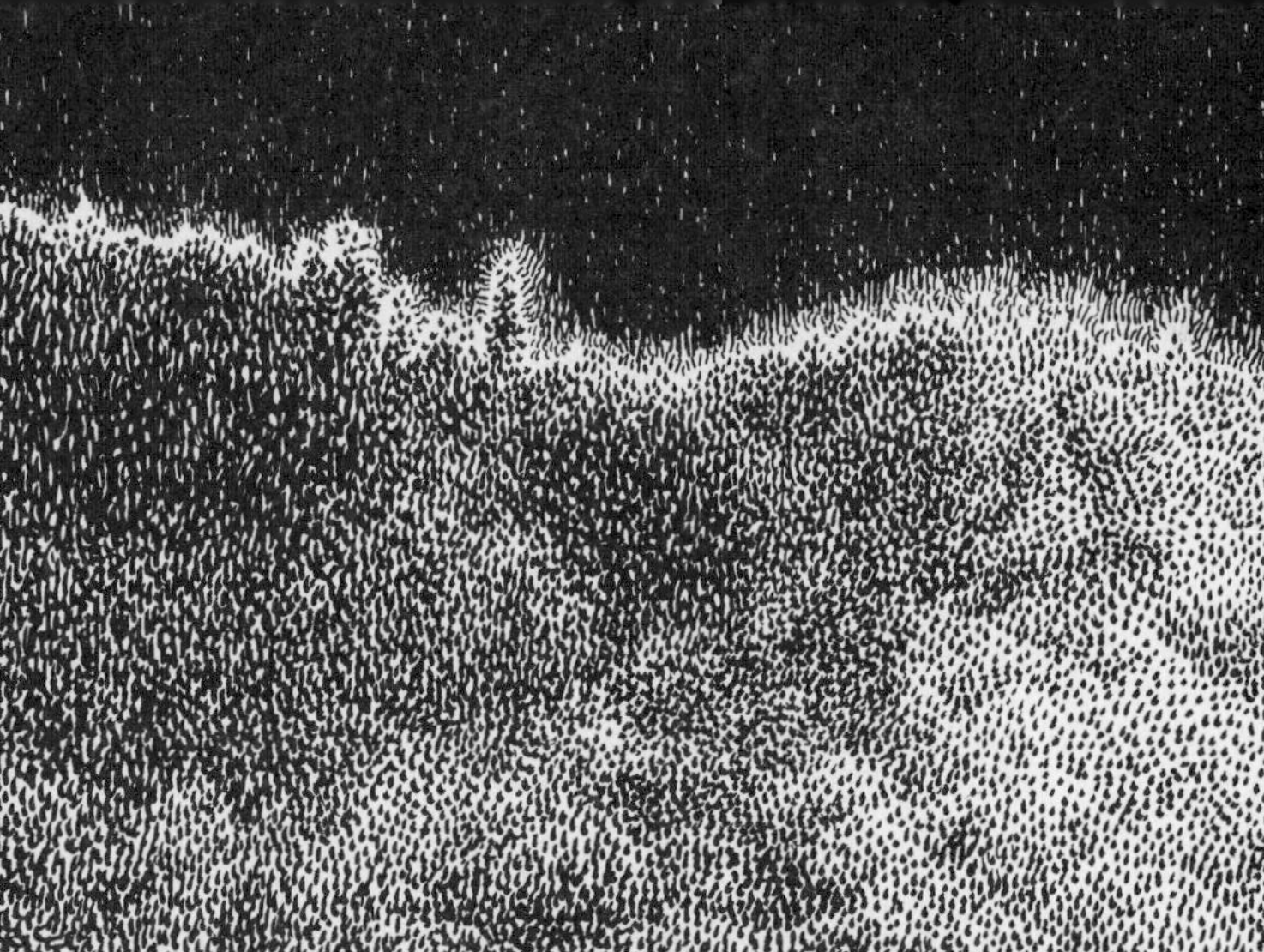

僕たちの
「センス・オブ・ワンダー」

森田真生

京都の夏は暑い。気温が体温を超えるような日には、子どもたちと虫を探していても、すぐに日陰に避難しないといけない。日なたではあっというまに全身の血が煮えてしまいそうになるから、この時期は、子どもたちと外に出かけたとしても、すぐに川に飛び込んでしまうことが多い。

僕たちが散歩がてらによく出かける高野川（たかのがわ）は、下鴨神社の南で賀茂川と合流すると「鴨川」に名前が変わる。高野川、賀茂川、鴨川が、ちょうど南北にY字の形を描くようにして京都市内を北から南へ流れていくのだが、高野川は、このY字の右上（北東）の部分にあたる。流れが穏やかで、浅い場所も多いので、小さな子どもでも安心して遊べる川だ。

自然の河川のほかにも、街のいたるところに川から引かれた用水路がめぐっていて、夏は、そうした水路も子どもたちの恰好の遊び場になる。魚やカニを探し、あるいはただ足を冷たい水に浸して木陰で涼む。

先日そんな小さな水路の一つで四歳の次男と、向こうから流れてくる落ち葉をつかむ遊びをしていた。水路は大きな屋敷の邸内を抜けて、木の塀をくぐり抜けて流れ出してくる。川が流れ出てくる向こうの視界が塀でさえぎられているので、次にどんな落ち葉が流れてくるか、二人でドキドキしながら待ち受ける。

サクラの葉やカエデの葉、緑の葉や紅い葉、いろいろな葉が不規則なリズムで、川の流れに乗ってやってくる。黄色の小さな落ち葉ばかりがいくつも連続して流れ出てきたときなどは、塀の向こうでいっせいにハラハラと、風に吹かれた落ち葉が舞い落ちる風景が目に浮かぶようである。水の流れが、それまで川の見てきた過去を、語り伝えてくれているかのようだ。

カニや虫の死骸、コガネムシの幼虫やアマガエル、ときにはダイコンやタマネギが、なぜか流れてくることもある。いつか大きなモモが流れてくるんじゃないかと、二人で笑いながら落ち葉を拾う遊びを続ける。すべてがただ流れ去っていくのに、「いま」は常に新しい。次男はこの遊びが、それだけで楽しくて仕方ないらしい。

いま自分のいる場所が、見えない場所とつながっている。川の流れは、このことを教えてくれる。川に浸かり、水の流れを受け止めていると、水が運ぶ幾重（いくえ）もの時間の来歴を全身で味わうことができる。

山に降った雨が、ここに流れてくるまで、いくつの水脈をたどり、どれだけの土をくぐりぬけてきただろうか。石を転がし、枯れ葉を乗せ、記憶を運びながら流れる水が、こんなにもさらさらと爽やかなのだ。

人間の言葉を巧みに模倣する人工知能より、僕は川の言葉を翻訳できる機械を見てみたい。川はきっと、繊細で壮大な、いくつもの物語を語り始めるにちがいない。

鴨川はかつて、氾濫をくり返す暴れ川だったという。それでもここに人が住み続けてきたのは、しばしば洪水があることもふくめて、生きた川が、多くの恵みを、人の暮らしにもたらしてきたからである。

洪水はただ人の暮らしに侵入するだけではないのだ。山を削り、砂礫（されき）を運びながら、人や、人をとりまく生き物たちが暮らす足場を形づくってきた。洪水は石礫（せきれき）を流し、川に瀬や淵などの構造をつくる。そこが魚類の生息する環境となる。あふれ出した水は、やがて大地にしみ込み、人々の生活を支える豊かな地下水となる。川の氾濫でときに大木がなぎ倒されることは、生態系のダイナミズムの大切な一部でもある。

山河に沿って形成される場所の感覚は、京都で暮らす日々の身体性の基盤だ。東山、北山、西山と、三方をいつも山に囲まれているため、どこにいても方向感覚を失うことがない。変わらないものを基準に、変わるものを計ることで可視化されるのが「時間」だとすれば、京都の大地は、動き続ける川と不動の山並みの対比のなかに、固有の時間を描き続けている。

高野川で上流に向かって立つと、視界の右手にはいつも比叡山（ひえいざん）がある。ここから南へと連なる東山連峰は、丹波層群と呼ばれる三億年前から一億五〇〇〇万年前に海底にあった地盤が隆起したものを起源とするという。こうした古い地層にあとから花崗岩マグマが貫入（かんにゅう）して東山が形成された。マグマが冷えてできた花崗岩は少しずつ風化し、流出した砂礫は、山麓に扇状地を形づくった。このとき堆積した砂が白く見えることから、比叡山と、大文字の送り火で知られる如意ヶ岳のあいだの扇状地には、「白川」の地名がつけられている。

小林秀雄は「蘇我馬子の墓」と題したエッセイのなかで、田舎道を歩きながら大和三山を見上げて、「(万葉の歌人らは) あの山の線や色合ひや質量に従つて、自分達の感覚や思想を調整したであらう」と書いた。僕は、高野川から、北山や東山の山並みを眺めていると、この言葉をいつも思い出す。数多（あまた）の先人たちが、それに従って自分の「感覚や思想を調整」してきた山の線や色合い、そして質量。だがそうした「変わらぬ」京都の山の姿も、長い年月をかけ、水の流れが、動き続ける大地から削り出してきたものなのである。

思想や言葉は、真空を伝わるのではなく、山河を背景とし、風景を媒体としながら、長い時間をかけて受け継がれていく。

言葉だけでなく、風景を、子どもたちには残していきたいと思う。

*

*

二〇二〇年の秋、筑摩書房の吉澤麻衣子さんから、一通のメールが届いた。そこには、レイチェル・カーソンの『The Sense of Wonder』の新訳に取り組んでみないかという、少し意外な提案が記されていた。

この時点で僕はまだ、吉澤さんと面識はなかったが、提案のきっかけはこの年の初めに、僕が新聞に寄稿したエッセイを目にしてくださったことだったという。

このエッセイは、冬に庭の椿（つばき）の最初の花が咲いて、当時三歳の長男が「ねぇ、見て！

咲いたよ！」と、窓の外を指差しながら叫ぶ場面から始まる。花の姿に心躍らせ、暖かな日差しにホッとし、雨音の静かさに耳を澄まし、石を握りしめながら物思いにふける……人が生きるという営みが、いかに人間ではないものたちに支えられているかを、子どもたちに学び続ける日々であった。

人間と人間以外のものとの生態学的な関係をテーマとしたエッセイや論考を、僕はこのころから少しずつ書き始めていた。人間の活動によって地球環境が急速に変容し、大量の生物種が絶滅していく時代に、人間の生き方やものの見方を根底から見直していく必要があると痛切に感じていた。

そうしたなかで記したエッセイのひとつが編集者の目にとまり、そこからレイチェル・カーソンの著書を連想してもらったということは嬉しく、ありがたいことだった。

レイチェル・カーソンといえば僕にとってはなにより『沈黙の春』の著者であり、時代に先駆けて農薬などの化学物質が地球環境に及ぼす影響に警鐘を鳴らした科学者である。生物をそれぞれ単独で切り離して考えるのではなく、複雑に絡み合う生物同士の関係に着目する視点は、それまで見落とされていた化学物質の危険性を浮かび上がらせるとともに、地球規模で環境問題をとらえる見方を開いた。

生態学的なものの見方から、新たな人間像を模索しようとしていた僕にとって、カーソンは偉大な先達なのだ。そんな彼女の言葉をじっくり読み直していくことは、それ自体とても魅力的な挑戦になると思った。

僕はすぐに『The Sense of Wonder』を取り寄せた。この本の存在こそ知っていたものの、恥ずかしながらそれまで読んだことがなかったのである。数々の美しい写真とともに、選び抜かれた言葉が収められたこのテキストを、一行一行、声に出しながら読み進めていくと、目の前にありありと風景が浮かび上がってきた。

カーソンが大甥のロジャーと過ごした海辺や森での風景に、僕はすっかり夢中になった。当時まだ四歳と一歳だった二人の息子たちとともに、僕自身もまた自然のなかで遊ぶ喜びを発見し続ける毎日だったからである。

海辺のカーソンの別荘と京都の山の麓や川辺の環境とでは、植生もそこにすむ生き物の種類も違う。生物を観察し、研究し、描写し続けてきたカーソンと、都市に育ち、子どもが生まれるまでろくに虫をつかまえたこともなかった僕とでは、自然から引き出すことができる声と言葉の豊かさも違う。それでも、カーソンの綴る言葉に僕は、自分を重ねながら読んだ。そこには、子どもの目に映る自然のいきいきとした姿に触れて心動かされたことのある人ならだれもがきっとどこかで「懐かしい」と感じるはずの、普遍的な風景が描かれていた。

『The Sense of Wonder』は、カーソンが一九五六年に雑誌に寄稿したエッセイ「Help Your Child to Wonder」をもとに、カーソンの死後、友人たちの手によって出版された。カーソンは一九五六年のエッセイをさらにふくらませて、やがて一冊にまとめたいと願っていたが、生前にこれがかなうことはなかった。

雑誌に寄稿したエッセイと、その後に出版された本のタイトルに共通する「ワンダー（wonder）」という言葉に、カーソンの魂が込められている。

wonder——だがこの言葉が持つ豊かな広がりを、日本語でどのように表現すればいいだろうか。

どこに進むのでも、たどり着くのでもなく、ただ心がいきいきと躍動している状態。驚異、驚嘆、驚き、不思議、好奇心、あるいは文脈によっては、疑念や不安と訳されることもある。結論が出ないまま、動き続ける。静かでありながら、繊細に周囲に感応している。「ワンダー」という一つの言葉から、僕はこのような心の風景を思い浮かべる。

自力や自分の思考の枠を超えた自然の大きな働きを前にすると人の心は、おのずと「ワンダー」し始める。どこに向かうのでもなく感じ、なにを目指すのでもなく動く。合理的な選択や決定ばかりを迫られる社会の外で、山や川、虫や鳥とともにいるとき、人の心はその場に静かにとどまりながら、決められた目的も尺度もないまま、周りと響き合い、揺動している。

自然がもたらすワンダーに開かれた感受性——これをカーソンは、「センス・オブ・ワンダー」と呼んだ。そして、この感受性を子どもが失わないためには、「生きる喜びと興奮、不思議を一緒に再発見していってくれる、少なくとも一人の大人の助けが必要」だと綴った。この本のなかで最も印象的な言葉の一つだが、同時に僕は、この逆もまた真だと感じている。

つまり、すでに大人になってしまった人間が、忘れかけているセンス・オブ・ワンダーを思い出すことができるとするなら、そのためには「生きる喜びと興奮、不思議を一緒に再発見していってくれる、少なくとも一人の子どもの助けが必要」になる。

七年前に長男が生まれるまで、僕は庭の植物や虫の姿に、特別な関心を寄せてこなかった。だが子どもたちが生まれ、成長していくとともに、庭で虫をつかまえ、カエルを追い、鳥の鳴く声を聞き、大きな月を見上げてともに驚きの声をあげる日々が、新たな日常になっていった。

カーソンは『センス・オブ・ワンダー』のなかで次のように書いている。

私たちはたいてい、この世界の知識の大部分を、視覚を通して得ています。とはいえ、いつもちゃんと目を見開いているわけではないので、実際には半ば盲目なのです。これまで見逃していた美に目を開く方法の一つは、自分にこう問いかけてみることです。

「いま、これを見るのが、人生で初めてだとしたら?」

「もし、これを二度と見ることができないとしたら?」

「これまで見逃していた美に目を開く方法」を、僕はいままさに、子どもたちから学んでいる。『センス・オブ・ワンダー』はカーソンがロジャーを自然の不思議と驚異に導く物語だが、僕は逆に、子どもたちに導かれるように、自然の不思議と驚異を、新たに見つけ直している。

『センス・オブ・ワンダー』を最初に開いたその日から、僕はこのテキストをゆっくり自分の言葉に置き換え、翻訳する作業を進めてきた。この過程で、日常が知らず知らずのうちに、このテキストと混ざり合っていくのを感じている。

僕たちは、カーソンがロジャーとしたのと同じように、ルーペでコケを覗き込み、双眼鏡で月を見上げ、夜に鳴く虫を探しに散歩に出かける。カーソンが描き出す風景の普遍性は、京都の山を歩き、川で遊ぶ僕たちの日々にも、そのまま開かれている。

「知ることは感じることにくらべて半分も重要ではない」とカーソンは確信を込めて語る。知の弱さは、矛盾を許容できないことである。悲しいのか嬉しいのか。好きなのか嫌いなのか。知はしばしば、決着ばかりを急ぎすぎてしまう。

嬉しくて悲しい。好きで憎い。子どもたちの心は、いつも豊かな矛盾を内包している。矛盾が、矛盾のまま共存できる広やかさこそが、人間の心なのではないかと思う。

自然もまた、一つの物語には統合できない多様な矛盾や葛藤を包摂している。役に立たないように見えるものに、思わぬ役割がある。足かせにしか見えなかったものが、意外な機能を担う。だからこそ、一つの尺度で自然を管理しようとしてはいけない。わからないものをわからないまま、じっとその場で静かに「感じる」ことは、ときに「知る」ことよりもずっと大切なのである。

『センス・オブ・ワンダー』のもととなるカーソンの雑誌への寄稿が発表されてから、すでに七〇年近い歳月が過ぎようとしている。また日本語でも、一九九一年に上遠恵子さんによる翻訳の初版が刊行されて以来、このテキストは、長く読み継がれてきた。

驚くべきことは、これだけの歳月を経てもなお、まるで生まれたばかりのようにこのテキストが瑞々しく新しいことだ。訳者として本書と向き合うなかで、あらためてそのように感じている。なにより、この未完のテキストと交わっていく時間は、純粋にとても楽しい。これこそ、この本の最大の魅力だと思う。

未完成なものの魅力は、それが閉ざされていないことだ。自然を前にして躍動する子どもたちの心の広がりを、描写し尽くすことはだれにもできない。カーソンの物語は未完である。だからこそ、新たな展開と発展にいまも開かれている。

この自然界においては「単独で存在しているものなどなにひとつない（nothing exists alone）」とカーソンは『沈黙の春』のなかで記している。カーソンとロジャーの「センス・オブ・ワンダー」もまた、時空を超えた無数の大人と子どもたちの物語に開かれている。カーソンのテキストをただ座して読むだけでなく、その続きをそれぞれに紡いでいくこと。これこそが、この物語を「読む」ことであり、この物語に「参加」することなのだと思う。

このテキストをこれまで読み続けてきた時間の、ほとんど必然的な帰結として、僕はここに、京都を舞台とした「僕たちの「センス・オブ・ワンダー」」を、書き始めてみたいと思う。ここからさらにいくつもの「センス・オブ・ワンダー」が、時空を超えて書き継がれていくことを、心から楽しみにしている。

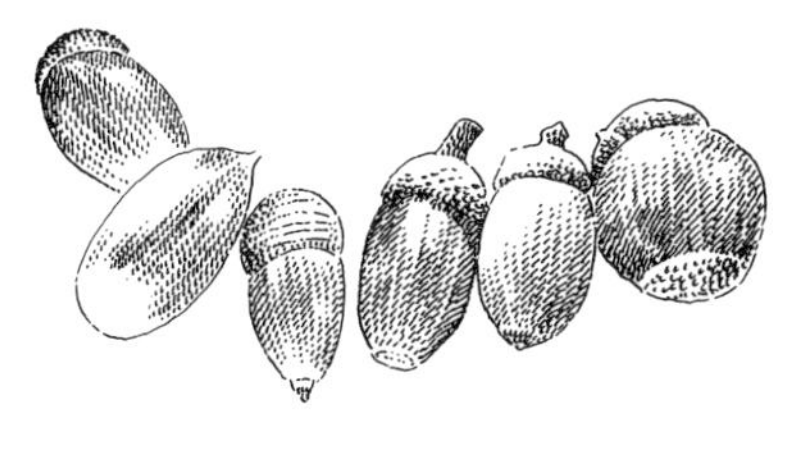

1

小石を探し、ドングリを探し、キノコを探し、イモムシを探し……。子どもたちと一緒に僕は、いつも探し物ばかりしている。

「見つけた！」

「どれ!?」

「見せて！」

「あった!!」

立ち止まり、ふりかえり、見上げ、ひざまずき、地面にへばりつき、こんなに目を見開いて世界を観察するようになったのは、明らかに子どもたちのおかげだ。

世界にはいつも、不思議で驚くべきなにかが、ひっそりと身を隠している。それと出会うために必要なのは、目を開くこと、耳を傾けること、ただ知るだけでなく、いま目の前で起きていることに、関心と注意を向けていくこと。

生まれて初めて蝶をつかまえたとき、初めてカエルを手にとったとき……子どもたちがなにかと出会う瞬間の姿が、いまも心に刻まれている。

ぎゅっと虫網を片手に握る長男の背中にみなぎる決意。そっとカエルを乗せた次男の小さな手の指先に伝わる緊張と優しさ。全神経を使っていつも彼らは、未知との遭遇を全力で受け止めようとしている。

彼らが生まれるまで、探し物といえば、僕は遠くばかりを探していた。不思議で、驚くべきものがあるとするなら、まだだれも知らない未踏の世界、新しい数学、少なくとも日常からかけ離れた場所にこそ、それはあるはずだと信じていた。

ところが子どもたちは、路傍の石にすら目を丸くする。まるで宝のようにドングリを拾って喜ぶ。僕が遠くに探し続けてきたものを、彼らは目の前に、足もとに見つけ出していく。

「見て！　信じられる？　ここにはこんなにいろいろな生き物がいるんだよ。お父さん、考えごとばかりしてないでほら、このカミキリムシの背中の模様をみてごらんよ！」

大人の問題は、大切なことであればあるほど、それを先送りしてしまうことである。大切なものはどこか遠くにある。人生の重要な瞬間は、いつか将来やってくる。どこかでそう思い込んでいるのである。

子どもたちはそんな「先送り」や「先延ばし」とは無縁だ。彼らはこの瞬間に、すべてをつかもうとしている。大事なことがあるなら、いまそれを見せてくれと、いつも全身で訴えかけてくる。

レイチェル・カーソンの『センス・オブ・ワンダー』は、二歳に満たない大甥のロジャーを、カーソンが夜の海辺に連れていく場面から始まる。嵐の日の海を前に、ロジャーは初めての畏れと驚きの感情に包まれている。

海が自然であるように、子どもの心もまた自然だ。ときに荒れ狂い、ときに静かに満ち引きをくりかえしながら、揺れ動く海のように、子どもの心も波打ち、躍動している。『センス・オブ・ワンダー』は、ただ大人が子どもに自然の素晴らしさを教える物語ではない。目の前には海があり、腕のなかにはロジャーがいる。二つの自然が響き合うなかで、カーソンもまた、いまだかつてないセンス・オブ・ワンダーを味わっていたにちがいない。

自然は単なる個物の集まりではなく、さまざまな関係の織りなす網だ。複雑な土の表面を巧みに歩き、どんな茎や葉の上でも見事にバランスをとる虫の身体性は、虫かごの単調な空間のなかでは十分に発揮されることがない。風の流れ、木の葉の揺らぎ、樹皮の起伏など、複雑で多様な環境との関係のなかにこそ、虫の知性は表現されていく。虫だけでなく、どんな生き物でもそうだ。個体としてそれだけ環境から切り離してしまえば、本来の個性を発揮することはできない。

子どもという自然もまた、この点においては同じだろう。虫や鳥、花や木々など、多くの他者とかかわり、感じ合っていてこそ、子どもの心もまた、溌剌（はつらつ）と、いきいきと動くことができる。

僕たちはだれもがみな、同じ自然の一部であるが、同時に、たがいに独立した個でもある。同じ海、同じ宇宙から生まれて、異なる個として出会い、個として生きていく。この繊細な矛盾が、生きることの難しさと面白さをつくりだしている。

子どもたちと森や川で「探し物」にふけっているとき、僕はしばしば、なにを探しているのかがわからなくなる。探し物はドングリだったか、小石だったか。あるいは、なにかを見つけて驚く喜びそのものだったか。

ドングリと、石と、子どもたちが出会う。同じ自然の異なる部分が、偶々(たまたま)ここでめぐりあう。その偶然の瞬間に、子どもの心に、「物語」が生まれることもある。

長男が四歳になった年のある春の朝、彼がにわかに語り出した「物語」を思い出す。その日彼は、目が覚めるなり「今日はカニをさがす！」とはりきって妻と外に出かけたのだった。そのしばらくあとに、本当にサワガニを連れて帰ってきた。

さっそく彼は、小さな水槽に、拾ってきた石でカニのための隠れ家をつくって、「このカニすごいでっかいね」としばらくなかをのぞきこんでいた。

「この子っていっぱいあるいたからつかれたのかな」とつぶやく彼に、「そうだね、遠くからきたから、疲れてるのかもね」と妻が応えた。すると長男は、「むかしむかしあるところから、ながされてきたのかな？」「あそこにいなかったころ、にんげんがたんじょうしてないころ、うみはうみぜんたいだったころ、たいふうがおきて、このカニさんが、「うひゃー、たすけてー」ってながされたのかも」と、なにやら不思議なことを語り始めたのである。

その後しばらく、「カニすごーい！」と彼は、水槽のなかを見つめ続けていた。

心理学者の河合隼雄は、『神話と日本人の心』のなかで、なにか不思議なことや感動的な体験をしたとき、「人間の特徴は、そのような体験を、自分なりに「納得」のゆくこととして言語によって表現し、それを他人と共有しようとすることである」と記している。

カニの運命と自己の運命……それまで接点のなかったはずの二つの軌跡が、いまここで交わるという偶然。その驚きが、長男の心に、不思議な物語を生み落としたのかもしれない。

世界はいつも驚きに満ちている。目を開き、耳を澄ませば、自然は日々新たに、思わぬ出会いをもたらしてくれる。

ルーペでコケを覗き込む。カミキリムシの標本をつくる。ドングリを集め、サワガニを追う——コケも虫も木もカニも、もとをたどれば、みな同じ一つの生命である。その意味で、あらゆる生き物との出会いは本来、「再会」なのである。

だがもちろん僕はコケではないし、木は虫ではない。異なる個として見れば、出会いはあくまで、他者との一期一会であり、驚くべき遭遇である。

だからこそ僕たちは、「ひさしぶり」と「はじめまして」の混じり合った気持ちで、自然にこう問いかけることになる。

あなたはどこから来たの？

これからどこに向かうの？

だれも答えを知らないこの問いに直面したとき、子どもの心に物語が芽生える。

彼らは決して大切な問題を、先送りにしようとはしないからである。

2

子どもたちが遊ぶ傍（かたわ）らで庭の手入れをしていると、アゲハチョウがひらひらと頭上を飛んでいく。

「ちょうちょのおうちってどこなのかな？」

と次男が空を見上げながらつぶやく。

「花も木も空も、この地球のすべてがおうちなのかもね」

と僕は答える。

「虫は小さいからね」

と長男が言う。

木の葉を傘にして、木のウロや隙間を隠れ家にする。たしかに虫の小ささから見れば、地上の多様な自然の構造が、屋根にも、柱にも、身を守るための壁にも見えてくるかもしれない。

「でも人間は弱いから、屋根のある家を自分で作らないと生きられない」

と僕は言う。

「弱いから?」

長男は少し意外そうな顔をする。

体毛の大部分を失い、裸の哺乳類になってしまった人類は、気温の変化にうまく適応できない。ヒトが衣服や住居などの助けを借りずに快適に暮らせる範囲は、熱帯雨林などのごく一部の場所に限られている。

生身の身体では生きていけないほど弱いからこそ、ヒトは環境を作りかえ、人工物を構築し、自分の身体と自然の環境を、慎重に切り離そうとしてきた。庭の生き物たちの生き方はこれに比べて、はるかに自然に開かれている。
たとえば、地上に這い出てくるなり、そばにある木にしがみつき、全力で声高に叫ぶセミ。彼らは生きるための屋根も壁も必要としていない。ただ正々堂々、与えられた環境で、燃えるように短い生を全うしていく。

植物の開かれ方は、さらに徹底している。植物があらかじめ準備してくれた環境に棲みついていく昆虫に対して、だれも守ってくれるもののいない地上に、植物たちはみずから進み出てきた。

たとえば陸上の植物として最も早くに上陸したコケ。庭の足下で青々と葉を広げる彼らの生き方は、清々しいまでに潔い。水の吸収を防ぐ薄い蠟状の物質でしばしば覆われている大きな木の葉とは違い、コケは文字通り「裸」のまま、その小さな葉の細胞でじかに雨を受け止めている。

雨のない日は、コケはその葉を閉じ、乾燥したまま次の雨が来るのを待つ。周囲の水の量に合わせて体内の水分の量を変化させることができるコケは、水分の大部分を一時的に失っても枯れない。雨のないときは、劇的に体内の水分量を減らし、乾燥に抗うのではなく、受け入れて、ただその場でひたすら次の雨を待つ。

ひとたびまた雨が降り出すと、速やかに葉の細胞が雨粒を吸収し始める。青々とした葉が開き、光合成を始め、一時停止していたコケの成長がふたたび始まっていく。雨や太陽とじかに対峙(たいじ)して生きるコケは、小さいが、とても堂々としている。

地球上の環境は刻々と変化し続ける。雨や風、長い日照りや嵐のときもある。こうした予測不可能な変化に、生き物たちはときに驚くほど劇的に、自分自身を変えることで応じてきた。一方で人間は、みずから変わるよりも、環境を変えることにエネルギーを注いできた。環境の変化が自分に及ぼす影響を、少しでも減らすように努力を重ねてきた。

たとえば学校の教室を思い浮かべてみてほしい。雨も降らなければ強い風が吹くこともない。足元を水の流れにさらわれる心配もない。大気や水の流れによる不測の変化に煩(わずら)わされることなく、子どもたちはその場で、静かに学習に集中できる。

水や大気などの「流体」の動きは、不確実で予測が難しい。これにくらべて椅子や机、黒板など教室に並んでいるモノたちは、水や大気のような気紛れな動きや変化とは無縁だ。だが水や風の流れの侵入を慎重に排除した空間には、なにか大切なものが欠けているのではないか。

ぼーっと川の流れを眺め、全身で風の動きを感じているとき、あるいは、満ち引きする海の音に耳を澄ましているとき、僕たちは正確に予測することができない、制御することもできない、自然のいきいきとした変化を体感している。

動き続けること、変わり続けることは、自然の最も基本的な原理である。一つの形にとどまることなく、動き続ける水や大気の絶え間ない流れは、これを雄弁に物語っている。大地の上を動く物体の運動や、夜空をめぐる惑星や恒星の運行など、種々の「モノ」の運動について、近代の科学者は驚くべき精度で記述し、未来を予測できるようになった。だが、大地と夜空のあいだを行き交う水と風の流れは、そんな人間の合理的な記述や予測の網をするりとくぐり抜けていく。形のない水や大気が織りなす「天気」という現象については、たった数週間先でも、僕たちはまだ正確な予測ができない。

地球は、水と大気の惑星だ。だから僕たちも、ときに「教室」を飛び出し、水の流れや、風の動きにもっと全身を浸してもいいだろう。そうして自分が住む本当の「家」が、どんな場所だったかを思い出していくのだ。

流れに生じる渦のように、形は、形なきものの流れのなかに生じる。自分が自分であるという自己同一性（アイデンティティ）の前に、自分が自分でなくなるという絶え間ない変化がある。動きは静止からの逸脱ではない。動きこそ、世界の常態なのである。

だから、変わり続けることを恐れなくてもいい。自然はいつも僕たちにこのことを教えてくれている。

変化に抗うのではなく、変化とともに生きていくこと。季節に応じて、大胆にその姿や生き方を変えていく植物や虫たちは、その生きる姿を通して、これを見事に体現している。庭でも、山でも、近くの公園や散歩道でもいい。一年を通じて、くり返し訪れる場所が、子どもたちにとっては自然の変化を目撃し、観察するための学びの場になる。

冬には大地にピタッと張りつき、駐車場の片隅で葉をロゼット状に広げて寒さに耐えていたヒメジョオンが、夏にはすっくと背を伸ばし、白い頭花を咲かせてまっすぐに立つ。季節でこんなに姿を変える人間を見たことがあるだろうか。僕たち人間もまた、本当はもっと変化してもいいのかもしれないと思う。

季節とともに劇的に姿を変えていく植物の生き方を観察していると、一貫性や自分らしさばかりが求められる世間の窮屈さから、少しだけ解き放たれるような気持ちになる。

変化という意味では、昆虫もすごい。特に、完全変態する虫の幼虫が、蛹（さなぎ）を経て成虫へと生まれ変わっていくことは、神秘としか言いようがない。

長男が四歳になった年の夏に、近くで捕まえたカブトムシを、僕たちは家で飼い始めた。以来、産卵から幼虫の飼育、蛹化から羽化までの過程とともに一年を過ごすことが僕たちの楽しみになった。

卵から幼虫が生まれてくる晩夏から秋にかけて、新たな世代のカブトムシの世話が始まる。糞が溜まれば捨ててやり、土が乾燥すれば霧吹きで水をやる。冬は、寒くなりすぎないようにケースの下にダンボールを敷き、温度の管理に注意をする。冬眠に入ってからはほとんど糞は増えなくなるので、しばらく手がかからなくなる。

凍える寒さの冬を乗り越えると、やがて「啓蟄」がやってくる。土のなかで眠っていた虫たちが目覚める季節である。カブトムシの幼虫も目を覚まし、やがて活動がふたたび活発になる。

春は土の手入れの頻度が増える。朽ちた葉や枯れ枝を嚙み砕き、分解しながら、幼虫たちはたくさんの糞をする。五月の連休が明けるころには、腐葉土を少し多めの水で固めて、幼虫たちの蛹化の開始に備える。

幼虫たちは特殊な物質を出し、それをたがいに感知し合って蛹室を作るタイミングをはかり合っているという。万が一、別のところからやってきた幼虫に蛹室を壊されそうになると、蛹室のなかで蛹を回転させ、モグラが土を掘るときに似た振動によって、近づいてきた幼虫を追い払う。土のなかでくり広げられる繊細なコミュニケーションと、幼虫の知性には脱帽するしかない。

蛹になると、一部の筋肉や神経以外のあらゆる体内の器官が溶ける。幼虫のときの器官が完全に形を失ったあと、新たな器官が、ゼロから作られていく。

卵から成長を見守っていたカブトムシが初めて羽化に成功し、土の上に出てきたときの感動は忘れられない。いつもだったら眠っているはずの時間に、僕と長男は懐中電灯を持って裏庭に出た。長男は、生まれ変わったカブトムシの成虫の姿を、目を丸くしながらじっと見つめ続けていた。

今年の夏は、卵から育てたカブトムシの幼虫が、二七匹みな無事成虫になった。近所の子どもたちはきっと僕が、カブトムシのブリーダーだと思っているに違いない。

だが僕も、子どもたちとカブトムシを育てるようになるまで、幼虫を手に持ったこともなかった。ほとんど虫とは無縁の環境で育った僕は、まさか自分がカブトムシを育てるようになるとは、夢にも思っていなかった。虫や植物には遠くおよばないが、僕も少しずつ生まれ変わっているのかもしれない。

環境の変化に抗うのではなく、変化に合わせて生まれ変わっていくこと。その喜びを、虫や、植物や、子どもたちが、いつも僕に教えてくれているのだ。

3

九月の中旬、夜中に大きな台風が京都を通過していった翌朝、子どもたちが家の雨戸を開くと、ひんやりと冷たい外気が室内に入ってきた。

「わあ、ふゆのくうきだよ！」と長男が叫んだ。

「さむーい！」と次男も少し大げさにからだを震わせている。

台風が来るまで厳しい残暑が続いていたというのに、今朝の空気はもうすっかり秋だ。

カブトムシの動きが鈍くなる。カマキリが卵を産む。

ヌスビトハギの花が咲く。遠くで鹿の鳴く声がする。

新しい季節がやってきたのだ。

季節が変わるたびに、自然がこんなにも大胆に変化していくことに、僕はいつも驚かされる。同時に、自然がくりかえしていること、また今年も同じ季節が戻ってきたことに、安堵（あんど）と懐かしさを覚える。

変化の驚きと、反復の安らぎ——季節の訪れとともに矛盾した感情が湧き起こってくる。

レイチェル・カーソンの『センス・オブ・ワンダー』は、カーソンの海辺の別荘が舞台である。それは、カーソンとロジャーの日常からは隔絶した空間である。日々の煩わしさとは離れた場所で、ほとんど人間のいない自然が、彼女たちの前に広がっている。

だが、季節という自然を感じるためには、日常を離れる必要はない。むしろ衣食住の一つ一つの場面で、暮らしを季節と交わらせていく道もある。

秋の虫の音を喜ぶ。月を見上げる。旬のものを食べる。花瓶に花を挿す。あるいは季節に合わせて衣服の装いを少し変えてみる。

自然とともにあることは、なにも大袈裟（おおげさ）なことではない。日々の何気ない暮らしのなかで、自然と出会い、自然とともに歩む工夫をすることはできる。

唐木順三『日本人の心の歴史』によれば、万葉の歌人らは、ただ庭で草木を愛でるのではなく、実際に山野にでかけ、そこに自生する草花を楽しみ、紅葉を観賞していたという。

ときに彼らは山野においてそのまま「臥し、また仮廬(かりいほ)をつくり、自生の草花を採って頭にかざし身につけたり」した。その様はさながら、「直接に自然と融合」していくかのようであった。

ところが古今時代以降になると、宮廷人は「山野へでかけるといふことは少く」なっていく。代わりに、「邸内また室内へ自然を移すといふ方式を考へ出した」。山野に自生する草木を庭に移して楽しむという新たな文化が生まれた。

どこか遠い場所にある自然をそこまで出かけて観賞するのではなく、日々の暮らしを営む生活空間のなかに、じかに自然を呼び入れていくのだ。

都市人口が多数をしめ、人が「山野へでかけるといふことは少く」なった現代においても、「室内へ自然を移すといふ方式」は、自然とともに生きていくための現実的な選択肢の一つかもしれない。

それはなにも、自分の庭を持ち、そこに草花を植えて愛でるだけではない。あるいはベランダで植物を育て、家庭菜園に励むことだけでもない。

もう少し大きなスケールで見れば、中世の宮廷人が邸内に自然を呼び込んだように、都市そのものにもっと大胆に自然を呼び入れてみることもできるかもしれない。

僕の仕事場がある京都東山の麓には、琵琶湖から引かれてきた疏水が流れている。京都の水道水の原水の大部分は、この疏水を通じて琵琶湖から取水されたものである。京都という都市は、琵琶湖の自然を、みずからのうちに運び入れることで成り立っている。

だが、疏水はただ水を運ぶだけではない。水とともに魚や生き物たちも運ばれてくる。疏水を通じて、琵琶湖の生態系が、都市の内部に入り込んでくる。

興味深いことに、琵琶湖ではすでに見られなくなった生き物たちも、その一部が京都市内でいまも生き延びている。たとえば琵琶湖の水質の悪化や、ブルーギルなどの侵略性外来種に捕食されることで、琵琶湖では姿を消しつつあるイチモンジタナゴなどのタナゴ類が、疏水の水を引く京都の池泉で、いまもなお生き延び続けているという。本来は遠くに広がっていたはずの自然を、都市に引き込む人の営みの結果として、自然の生態系の新たな避難先がつくり出されているのだ。都市と自然、あるいは人の営みと「あるがままの自然」を単純に二項対立させることはできないのである。

虫を探したり、植物を観察したり、星を見上げたり、鳥の鳴く声に耳を澄ましたり……京都で僕が子どもたちと遊ぶとき、とりまく自然は決して「手つかずの自然」ではない。

琵琶湖疏水は、明治維新後の京都を近代化させ、復興させる原動力として作られた。春に咲き乱れるソメイヨシノも、六月に乱舞するゲンジボタルも、みなこの壮大な土木技術の結果として作られた人工的な環境に、新たなすみかを見出した生き物たちである。

現代の人類のあまりに放縦（ほうじゅう）な活動は、地球環境をかき乱し、多くの生物種の生存をおびやかしている。だが、人間が作り出した環境は、必ずしもほかの生物の生息場所を奪うだけではない。人間が作り出す環境が、人間ではない生き物にとって、新たな生息場所となる場合もある。

都市と自然を完全に切り離して考えることは、もはや現実的ではないのだ。都市と自然を峻別（しゅんべつ）し、どこか遠くにある「自然」を「保護」しようと考えるだけでなく、都市と自然の混交をもっと大胆に許していく道を探っていくこともできるのではないか。

子どもたちは日々の暮らしのなかに、自然を呼び込んできてくれる使者（メッセンジャー）だ。土で汚れた手や靴や衣服が、室内に何億もの土壌微生物を運び込む。動物や虫が好きな子なら、カエルやカニ、カマキリやイモムシを家に連れて帰ってくることもあるだろう。あるいはドングリやマツボックリ、ネコジャラシやタンポポを持って帰ってくるかもしれない。

我が家ではいつのころからか、リビングがほとんど昆虫園のようだ。アゲハチョウやスズメガ、オオスカシバの幼虫やカブトムシ、クワガタ、カマキリ、カミキリムシなど、息子たちがつかまえてきた虫たちが、所狭しと並べられた水槽や飼育箱のなかで暮らしている。

生き物を飼うためには、彼らのエサを探してこなければならない。カマキリのためにはバッタやコオロギを、イモムシのためにはその食草に応じた植物を、どこか近くで見つけてこなければならない。だからいつしか、近所を散歩していても、僕たちはカマキリの目線になり、イモムシの視点になって、いつもの散歩道に隠れている「エサ」に目を光らせるようになる。

道端にヤブカラシを見つけると、スズメガの幼虫が喜ぶと思って嬉しくなる。クチナシやサンショウ、ホトトギスなど、自宅にいるイモムシたちの好きな植物が、近所のどのあたりに生えているのか、頭のなかに地図ができてくるようになる。虫を飼うこと、生き物たちとともに暮らすことが、自分の常識や想像力を揺さぶっていくのだ。

もちろん虫や動物を飼うだけではない。たとえば植物と暮らすこともまた、新しい感覚を日常にもたらしてくれる。

雨が降ると庭のスギゴケが、水を吸って喜ぶ姿が目に浮かぶ。太陽が出れば、窓辺のゴムの木が、光をたくさん浴びて嬉しいだろうと思う。

雨も曇りも、冬の寒さも夏の暑さも、それを待ち望む生き物がいる。だれかにとっての脅威が、ほかの何者かにとっては恵みである。

この地上の生命の多様さを映し出す鏡のように、季節が変わり、天気が変化していく。地球はみずからのうちに育まれたたくさんの願いに応えようとするように、いつも休みなく動き続けている。

どこかで朝が来たときには、どこかで夜が来る。どこかで春が芽吹き始めたときには、別のどこかで秋が訪れている。自分が悲しみに沈んでいるとき、どこかであたたかな喜びが育ち始めている。どんなに無駄に思えることであっても、意外な場所でだれかがそれを探し求めている。

それほどこの星は広い場所なのだ。宇宙の片隅を横切る、小さな天体でしかないが、クラゲもキノコも、ヒトもウイルスも、イチョウもコケもワカメもミミズも……そのすべてを受け入れるこの地球は、どんな偉大な人間よりも、ずっとずっと懐が深い。

どうしてこれほど多様な生き物たちが、同じ一つの星のなかで共存できるのだろうか。

学校に行きたくないと泣く子どものそばで、蛹になったアゲハチョウが、全身の組織を組み立て直している。会議に遅刻しそうだと駅まで駆ける人の足元で、タンポポがそっと、種を飛ばしている。

これほど違うものたちが、たがいに同じ星を分かち合っている。どうしてこんなことが可能なのか、それはまだ、人間にはとても説明ができない。

どんな人の知性も想像力も超えた原理で、自然はいまも淡々と動き続けている。不思議だ。わからない。すごい。おそろしい。

変わり続ける季節のなかで、移り変わる天気のなかで、日常にしみ込む自然の一つ一つの表情に出会うたびに、僕はとてつもなく大きくて、果てしなく広い、「驚異（ワンダー）」の感情に包まれるのである。

4

秋がくるとドングリ拾いが、子どもたちの大きな楽しみになる。今年も、「ドングリ拾いに行こう！」と何度誘われたかわからない。散歩道で偶然ドングリが落ちていようものなら、ただちにその場でドングリ拾いが始まる。たまたま袋を持っていればいいが、そうでなければ、たちまちみんなのポケットがパンパンになる。

近くの山を歩いていても、彼らにとっては、ドングリが落ちている道こそ、いい山道だ。もっぱら針葉樹が植えられているエリアでは、少し退屈そうになってしまう彼らも、シイやコナラが見えるあたりまでくると、パッと表情が明るくなる。

ドングリのなにが、そこまで彼らの心をくすぐるのだろうか。

つるっとしたきれいな表面。すっとした細長いフォルムや、まるまるとした愛らしいかたち。

未来をめがけて大地にふりまかれる生命の贈り物。

落ち葉の上に、コケの上に、石の上に落ちる「かさ、とん、こつん」という音は、人類が生まれるずっと前から、この地球のあちこちで響き続けてきたのである。

木は子どもたちを喜ばせようとはしていない。人がほしいというから、ドングリが落ちるのではない。人間の願いよりもずっと大きなときの流れのなかで、季節がくれば、ドングリが落ちてくる。

ほしいとねだって買ってもらったものよりも、子どもたちはさらに嬉しそうにドングリを拾う。わけもなく恵まれているということが、彼らを幸せにしているのである。

自分が立派だから、あるいは努力したから、ドングリが落ちてくるのではない。なにもしていないのに、ただそこにいるだけなのに、次々とドングリは落ちてくる。

無条件の祝福――木が生きて、いのちをつないでいく営みが、そこを通りかかる子どもたちまで、幸せにしてしまうのである。

かつてドングリは、人間にとって貴重な食糧であった。縄文人は拾ったドングリを、地面に掘った貯蔵穴に入れたり、住居のなかにつくられた棚の上のカゴに入れたりして保存したという。

生きるためにドングリを集めることは、無邪気な遊びとは違うかもしれない。それでも、秋がきて、ドングリを拾い集めるときに、彼らもまた自然の「無条件の祝福」を感じ、喜び、感謝したであろう。

正当な対価を金銭で支払い、「商品」を「購入」するという習慣が身についてしまった僕たちにとって、自然の恵みを拾うという経験は、すでに希少になってきている。

街中では無闇にものを拾ってはいけないいし、だれかの庭に実った果実に手をのばしてはいけない。だから、子どもがなにかをつかもうとするたびに、そばにいるだれかが「触ってはいけない」「拾ってはいけない」と注意しなければならない。

だが、人間が作り出すルールの外では、生命はたがいに、たがいの生み出したものを拾い合って生きている。自然のなかには本来「拾っていけないもの」などない。

ドングリの場合、だれかに拾われることを、そもそも端からあてにしている。リスやネズミがドングリを拾って土に埋める。冬を越すための餌を蓄えておく。このうち、土に忘れられたドングリのいくつかが、次の春に芽を出すことができる。

ドングリは木のためだけでなく、リスやネズミのためにもなっている。そうして、思わぬだれかに拾われることによって、ドングリはますます遠くまで、木のいのちをつないでいく。

偶然に任せて、種を蒔く植物たちのかわりに、人間はあるときから、計画的に土に種を蒔くようになった。最初に意図的にだれがこれをしたのか、それがいつのことだったかいまとなってはわからないが、自分の蒔いた種が芽を出して育つ様子に、往古の人々もまた、深く感動したにちがいない。

自分の蒔いた種が芽生えたときの喜びは、なにごとにも代えがたい。カーソンが言う通り、その喜びを味わうためには、「キッチンの窓辺のポット」に植えられた種でもいいのだ。種が芽生え、育っていくことの不思議――それは何度経験しても色褪せることがない。

子どもたちと一緒に、最初に土に種を蒔いたのは、忘れもしない二〇二〇年の春のことである。新型コロナウイルスによる全国一斉休校で、僕たちは自宅で過ごすことを余儀なくされていた。このとき、友人の畑から土を少し分けてもらい、そこにベビーリーフの種を蒔いた。

数日後には、最初の小さな芽が顔を出した。そのあと、続々とたくさんの芽が出てきた。

このとき最初に出てきた芽の写真を、僕はいまも大切に保存している。

農業のことをなにも知らない自分たちのもとにも、蒔いた種がちゃんと芽生えてきてくれた。このことが嬉しくて、ありがたくてたまらなかった。

その後、僕たちは裏庭の一画を耕し、そこにミニトマトやバジルの苗を植えた。トマトは春から夏にかけて、驚くべき勢いで育っていった。

赤く実ったトマトを最初に収穫したときのことは、いつまでも忘れないと思う。最初に赤く熟した一粒のトマトを長男が収穫し、それを四つにわけて家族みんなで食べた。

このときのトマトは、本当に美味しかった。これまで何ヶ月もともにときを過ごしてきたからこそ、こんなに美味しくて、ありがたいのだと思った。

あの小さな種から、自分の背丈を超えるトマトが育つ。それは本当に驚くべきことである。野菜や果実の成長と実りもまた、自然からの無条件の祝福である。

嬉しい。ありがたい。

ただ腹を満たし、栄養を得るだけでなく、食べることは自然からの無条件の祝福に驚き、感謝することである。日々の何気ない食事の一つ一つの瞬間は、それ自体が自然との劇的で、驚くべき邂逅（かいこう）である。

自分で種を蒔き、育て、見守り、収穫した野菜を食べるときに、このことをしみじみと実感できる。だがもちろん、自分の食べるものをいつも自分で育て、収穫するというわけにもいかない。

だからせめて、食事のときに、自分の食べるものがどこからきたのか、その来歴を想い、感謝の気持ちを込めて、日々の食事を味わいたいと思う。そのためにまずは「いただきます」の一言でもいいが、自分なりに食事を始めるときの、あいさつの言葉があってもいいかもしれない。

山口で出会った八〇歳の「みっちゃん」に教えてもらった素敵な言葉がある。彼女は、日々地元の自然と向き合いながら、一つずつ自分の身体と心でたしかめるように、いのちのこもった料理をつくり、身近な人たちにふるまっている。そんな彼女は、食事の前に、次の言葉をいつも唱えているという。

天地(あめつち)のお恵みと、これを作られた方のご愛念に、感謝させていただきます。この食べ物が私たちの身体のなかに入って、自他ともに、お役にたちますように。

ありがとうございます。

山口で講演をする際、みっちゃんが地元で自然に育つ山菜や野菜ばかりを使ってつくったお弁当をいただいたことがある。彼女は仕事を引退してからこうして、食と料理を通して人間の生き方を、日々静かに追究しているのである。

僕はそんなみっちゃんの生きる姿と、お弁当の味に、深い感動を覚える。彼女が唱える食前のあいさつの言葉も、このとき心に刻まれたのである。

ドングリを集めるリスの行為が、はからずも木の役に立つ。人が種を蒔き、畑の手入れをすることが、野菜の生命を育んでいく。「天地のお恵み」をいただくことは、ただ一方的にもらい、奪うことだけではないのだ。

植物を育て、収穫し、調理し、食べるという行為が、「自他ともに役に立つ」ものであったら、どんなに素晴らしいだろうか。みっちゃんの言葉には、そんな祈りが込められている。天地の恵みに感謝し、少しでも「お役にたちますように」と願いながら、日々の食事を大切に重ねていきたいと思う。

食べることのありがたさに目覚める一つの道は、自分で食べるものを育ててみることである。小さな菜園でもいいし、野菜の出来・不出来にこだわらなくてもいい。まずは種を蒔き、いろいろな植物を育ててみる。そうして、なにが起こるかを試み、観察し、感じてみるのだ。結果よりも大切なことは、自然との対話を試みることである。

友人にもらったレモンの種を、長男が三年前に裏庭に植えた。いまは、小さなレモンの木がそこに育ち、青々とした葉を広げている。まだ果実がなったことはないが、それでも、晩夏になるとアゲハチョウが訪れ、葉の上に卵を産みつけていく。

卵から生まれたイモムシを自宅で飼い、チョウになるまで育ててから放す。これが、最近は子どもたちの楽しみにもなっている。

農家として生計を立てていくのではないなら、気楽に、遊ぶように菜園と付き合うのもいい。裏庭でもベランダでも「キッチンの窓辺」でもいい。植物の育つ力に驚き、自然の無条件の祝福に感謝しながら、自分のいのちを支える植物の一つ一つが、どんな生を紡いでいるのかを学ばせてもらうのだ。

庭に新たな植物を植えると、それまで見たことのなかった虫がやってくる。虫を求めて鳥がくる。トンボやカエルも訪問してくる。

庭の小さな生態系が、にぎわっていくのを見ていると、人間が植物を育てていくことが、人間のためだけではないのだと気づく。

なにかの存在が、ほかのだれかを助ける。

ドングリがそこに落ちていること。レモンの木が育ち始めていること。土を手入れする人間がいること。それを必要とするものたちがいる。

ドングリを拾う動物たち、レモンに産卵するチョウたち、人の手を借りて育っていく植物たちが、そのことを教えてくれる。

そこにいて、ただ生きていることが、いかに「ありがたい」ことなのか、僕たちは、たがいに学び合い、教え合っていくことができる。


僕は子どもたちが眠る前に、必ずすることがある。彼らの目を見て、背中に手をあてながら、「今日もありがとう」と、感謝の気持ちを伝えるのだ。それは植物に水をやり、庭の手入れをすることにも似ている。

そこにいてくれてありがとう。生まれ、育ち続けてくれてありがとう。これからも元気に、健やかに、育ちますように。

天地の恵みと、自然からの祝福に感謝しながら、庭に水をやり、落ち葉を拾い、まだ小

さな子どもたちの背中に手をあて、「ありがとう」の気持ちを伝えるのだ。

5

山や川に遊びに出かけると、僕が息子たちに教えることより、いまは、彼らに教わることのほうが多い。木にのぼり、山を駆け下り、さっと虫や魚を捕まえるときの彼らの動きや手つきは、僕にはとうてい真似ができない。「虫とりに行こう！」と言われて一緒に出かけても、次々に捕まえてくるのは彼らのほうだ。

ある日、カマキリ探しに夢中になっていた長男が、目を丸くしながら僕に語ったことがある。「ねえおとうさん、カマキリって探そうとすると見つからないのに、探そうとしないと見つかるんだね」。ひょっとするとなにかの極意をつかんだのだろうか、この日から彼は、散歩のたびに、次々とカマキリを捕まえてくるようになった。

この話を友人にしたとき、「タコも、見るのではなく、向こうの視線を感じると獲れる、と言いますね」と教えてくれた。なるほど、目当てのものを見ようとするより、むしろ見られる感覚のほうが、相手を正確にとらえられるということだろうか。

ある朝、庭の手入れをしていると、目の前でカエルがぴょんと跳ねた。そしてそのまま、草むらに隠れた。

僕は草を揺らしてカエルを探そうとしたが、ふと、「探そうとすると見つからない」という言葉を思い出し、今度は、見るより見られるつもりになって、草むらを眺めた。すると、草と石のあいだで、おかしなくらいはっきりと、その場でじっとしているカエルの姿が浮かびあがってきた。息子が言っていたのはこのことだったのかもしれないと思った。

カエルを視界からさえぎるものはなにもなかった。開かれた秘密[*1]。あるいは、公然と隠れているとでも言うべきか。白昼堂々、目の前にいるのに、さっきまで僕には、見えなかったのである。

それまで見えなかったものが、見えるようになる。だから見ることは、ただ目を開くだけのことではない。

最近、親しい庭師の友人に教えてもらいながら、庭の木々の手入れを自分でするようになった。ただ木を見上げるだけでなく、木にのぼり、枝ぶりや葉の様子を観察しながら、素手で木の葉や枝に触れ続けていると、木もまた自分と同じように生きていたのだという当たり前の事実を、理屈を超えて、全身で体感することができる。

大きなアカマツの木の枝から枝へ、柔らかな葉の刺激を顔や手に感じながらのぼる。古葉（ふるは）を一つずつむしっていると、いきいきとした甘く爽やかな松葉の香りがする。

冬でも瑞々しい松葉の緑。葉の向こうから射し込む陽光。朝露、風、光、鳥の鳴く声……そのすべてを、まるで自分までもが松になって、感じているような気持ちになる。

それまで、何気ないただの木でしかないと思っていた庭の木々も、手を入れ、手をかけ、手で触れながら見守っているうちに、それぞれに、各々の美しさがあることに気づく。

どこに隠れるでもなく、目の前に開かれていた自然の美しさがある。だが、庭のカマキリや、足元のカエルが、だれの目にも見えるわけではないのと同じように、自然の美もまた、これを受け取るこちらの準備がなければ、気づくことができないのである。

「うつくしさ（美しさ・愛しさ）」とは本来、「うつくしむ（慈しむ・愛しむ）」行為と切り離すことができない。『古典基礎語辞典』（大野晋編、角川学芸出版）によれば、動詞のウツクシブ・ウツクシムという日本語には、「仁・慈・恵・愛の行為をする意」があるという。なにかをいとしく、うつくしく思う気持ちは、これを慈しみ、愛しむ行為と不可分なのである。

雨のなか買い物に出かけていたある日、次男が大きな声で、

「きょうはいいてんきだね！　あめがふってるしきれい」

と叫んだことがあった。そのひとことを聞いたとき、僕ははたと、雨を「うつくしむ」気持ちを、思い出すことができた。目先の用事や効率ばかりにとらわれ、自然のあるがままの美を受け取る自分の目が、閉ざされかけていたことに気づいた。

「きょうはいいてんきだね！」

そう言われてみると、雨のなかのいつもの街の風景は、本当に美しかったのである。

だがどんなに美しい風景も、刻々と移り変わっていく。だから、同じ景色を、同じ人と、分かち合える瞬間は二度とない。

そのことを思うと、僕は悲しくなる。

カナシ（悲し・哀し・愛し）とは、「……することができない」という意味を添える接尾語「カヌ」と同根であるという。「愛着するものを、死や別れなどで喪失するときのなすすべのない気持ち。別れる相手に対して、何の有効な働きかけもしえないときの無力の自覚に発する感情。また、子供や恋人を喪失するかもしれないという恐れを底流として、こ

れ以上の愛情表現は不能だという自分の無力を感じて、いっそうその対象をせつなく、大切にいとおしむ気持ち」と、『古典基礎語辞典』の「かなし」の項には書かれている。続けて、「自然の風景や物事のあまりのみごとさ・ありがたさなどに、自分の無力が痛感されるばかりにせつに心打たれる気持ち」と記されているのは特に印象的である。

　これ以上の愛情表現は不可能だという自分の無力さ、自然の風景の見事さに対比された自己の有限さ、そして力なさ。相手をうつくしむその思いが強ければ強いほど、僕たちは深い悲しみを知ることになる。

「うつくしい」と「かなしい」の近さについては、子どもたちもまた、自然を通して、彼らなりに感じているのだと思う。

　ある日、近所の電気屋さんの前で、長男が大きなシロスジカミキリを見つけた。ちょうど、虫を探そうと張り切って遠くの山まで出かけてきた直後のことであった。その山で見つけたどんな虫より、このカミキリムシは大きく立派だった。堂々としたその姿にしみじみと見惚(みと)れながら、「いままで一番嬉しい」と長男は目を輝かせていた。

　彼は自宅に戻ると、すぐに大きな水槽にカミキリムシのための部屋を作った。手のなかで「ギィギィ」と鳴くシロスジカミキリを、彼は少しも恐れる様子がなかった。

この数日後、カミキリムシが動かなくなった。あれほど激しく声を震わせて鳴いていた生命(いのち)が、こんなにもはかなく、力なく尽きてしまったのである。

庭に埋めてあげようか、と提案する僕に息子は、いつもより少しぶっきらぼうな調子で、死んだカミキリムシを触るのは嫌だと答えた。悲しみが、まだ「悲しい」と呼べる感情になる手前で、彼も彼なりに、滅びていくいのちの消息を想っているのだと思った。

生まれ、生きるだけでなく、すべていのちあるものは滅びていく。あれほど美しかったカミキリムシのからだも動かなくなり、なめらかに動いていた関節もかたまっていく。やがて虫の肉体は崩れ、腐敗し、最後は土にのみこまれていく。

生み出す力も、滅ぼす力も、人知を超えた自然の偉大な力である。

日本神話における国生みの女神であるイザナミは、『古事記』によれば、八つの島を生み、次々と神々を生んだあと、火の神カグツチを生み出すときに全身が焼け、死亡したという。

亡くなった妻を追い、黄泉(よみ)の国を訪れたイザナキは、そこで妻にふたたび帰ってきてほしいと請うた。だが、すでに黄泉の国の食物を食べてしまっていたイザナミは、もうもとの世界には戻れないのだった。

それでも、なんとか黄泉の国の神と交渉してみようと答えたイザナミは、そのあいだに自分を決して見てはならないとイザナキに言い残して消えた。ところが、待ちかねたイザナキは、その禁を破ってしまうのである。

そこで彼が見たのは、恐ろしい光景だった。目の前には、蛆（うじ）のわいた女神の死体が横たわっていた。

河合隼雄は『神話と日本人の心』のなかで、このときイザナキは「母なるものの恐ろしく暗い面」を見てしまったのだと指摘している。蛆のわいた女神の死体――それは、女神もまた「自然の一部」だという、残酷な事実を物語っていた。

「見てはならない真実」に直面したイザナキは、『古事記』によると、「見畏（みかしこ）みて」逃げたという。これを踏まえて河合は、さらに次のように記す。

> イザナキはイザナミの姿を見て、「見畏みて」逃げたという。ここに示された「畏む」態度は、単に恐ろしい怖いという以上の感情を含んでいる。母なるものに対する畏怖の念と、ともかくそこには留まっていられない、という感情をイザナキは体験したのだ。

「うつくしい」のすぐ近くに「かなしい」がある。そして、「おそろしい」のすぐそばには、自分より圧倒的に大きなものに対する畏怖の心がある。この悲しみや畏怖が、深い情緒へと育っていく道のなかばで、子どもたちはしばしば「化け物」に遭遇することになる。

ドングリや虫を見つけたいという子どもの情熱と、お化けの話をしてほしいとせがむ彼らの熱意は、きっと無関係ではない。ツルツルの美しいドングリや、大きくて立派な虫を見つけたいのと同じように、彼らは自然の「恐ろしく暗い面」もまた、知りたいと思っているのである。

僕の仕事場は京都東山の麓にある。夜になれば、近くは人の気配もなくなる。ただ遠くで鹿の鳴く声だけがする。そんな夜も珍しくない。

子どもたちはしばしば、ここの庭で遊んでいる。日中は元気に庭を駆け回っていた彼らも、夜になるとさすがにおとなしくなる。

暗闇の向こうから聞こえてくるのは、人間でないものが発する声ばかりだ。「いまなんか変な声しなかった?」と、子どもたちは不安そうに僕の手を握る。

「お化けがくるぞ」と脅しても、昼間ならきゃっきゃっと笑っている彼らも、この時間に、ここでお化けの話をすると、いまにも泣き出しそうになる。

　彼らはただ理由もなく、お化けを恐れているのではない。幼虫をカブトムシに変え、イモムシをチョウに変身させ、いくつものドングリを実らせ、カミキリムシの鮮やかな模様を描き出す自然が、同時になにか「恐ろしく暗い面」を持っていることを、彼らはどこかで直感しているのだ。人知を凌駕した自然を畏れる気持ちが、彼らに「お化け」を感じさせるのだ。

「化け物の進化」と題したエッセイのなかで寺田寅彦は、「全くこのごろは化け物どもがあまりにいなくなり過ぎた感がある」と嘆く。日常世界の彼方には、「常識では測り知り難い世界」が広がっている。人間の理解を超えた自然界の不可解な現象を、昔の人は「化け物の所業として説明した」のである。

　だから、「化け物がないと思うのはかえってほんとうの迷信である。宇宙は永久に怪異に満ちている。（……）その怪異に戦慄する心持ちがなくなれば、もう科学は死んでしまうのである」。

　夢中になってドングリを拾い、化け物を恐れて泣きそうになる。生命の開かれた秘密に驚き、宇宙の怪異に戦慄しながら、子どもたちは、うつくしく、かなしく、おそろしい自然を、全身でいつも探索している。

＊1　アメリカを拠点に独自の環境哲学を展開するティモシー・モートンは著書『Realist Magic』のなかで、いかなる仕方でも汲み尽くすことができない万物のありようを指して「open secret（開かれた秘密）」という表現を用いている。

6

「すっげー」

五歳の長男が、彼にはまだちょっと重たい双眼鏡を両手にギュッと握り締めながら、冬の夜空にかかる満月を見上げている。双眼鏡で月がこんなにきれいに見えるなんて、僕もつい最近まで知らなかったのである。

『センス・オブ・ワンダー』のなかでレイチェル・カーソンが、「特別性能がいい双眼鏡でなくても、宇宙に興味のある子どもを十分魅了できるくらい、月の表面の詳細な姿が見えてくるはずです」と書いていたのを読んでさっそく、入手してみた双眼鏡だった。

十二月の夜、僕たちはからだが冷えないように服を着込んで、家のすぐ前の通りに出た。生まれて初めて双眼鏡で月を見た長男は、心の底からあふれ出すような、しみじみとした驚きの声をあげた。カーソンの言う通り、「宇宙に興味のある子ども」が一人、月の姿に「魅了」されていた。写真や映像で何度も見てきたはずの月の表面は、いままさにそこにあるライブの姿で見ると、たしかに「すごい」としか言えない臨場感だった。

左右双方の眼に光を集める「双眼鏡」だからこそだろう、月は、くっきりとした立体として浮かび上がってきた。それは肉眼で見える、いつもの滑らかで平らなお盆のような月ではなく、ガリレオが四百年前に『星界の報告』に書き残した通りの「不規則で、ごつごつしていて、窪(くぼ)みや隆起で満ち」た星だ。ガリレオが自作の天体望遠鏡で見上げたのと同じ月の、彼が見たときとほとんど同じ表面が、僕たちの目の前に曝(さら)け出されていた。

月がいつも変わらず同じ面を地球に見せ続けているのは、月の質量が地球に面した側に偏っているからである。地球の引力に引きつけられたこの同じ面が、何十億年も変わらず地球のほうを向き続けている。

月が誕生したばかりのころ、地球の自転は、いまより四～六倍も速かったという。そのため、一日はたった四～六時間ほどで目まぐるしく過ぎた。この地球の自転を、徐々に減速させたのもまた、月の存在にほかならなかった。

地球の四分の一もの大きさがある月は、ただそこにあるだけで地球に大きな影響をおよぼす。地球と月とのあいだに働く引力によって、地球の海は絶えず引っ張られている。これによって潮が満ち引きをくり返すだけでなく、水と海底の摩擦によって、地球の自転速度は、日々わずかずつ遅くなっている。

月ができる前、地球上ではそのあまりに速い回転のため、暴風が吹き荒れていたという。荒れ狂う地球のこの高速回転を、なだめてくれたのも月であった。

子どもは、それぞれに一つの広大な宇宙である。そんな彼らも、そこにいるだけで、僕に大きな影響をおよぼしている。引力は、質量あるすべてのもののあいだに働く普遍的な力である。星と星だけでなく、人と人も、ただそこにいるだけで、たがいに影響を与え合っている。

立ち止まって、僕が夜空を見上げているのは、親子の引力が生み出す「潮汐(ちょうせき)作用」のせいかもしれない。子どもの存在がつくりだす「引力」が、自分のひとりよがりな回転の速度を緩めてくれているのだ。

月という天体が一つあるだけで、地球の運命が大きく変わってしまうように、一人の人間がそこにいることが、だれかの人生を変えてしまうこともある。

月を見ることとは、月が跳ね返す光子を、自分の身体でとらえることである。光は大気の分子とくり返し相互作用する。だから、季節や大気の状態、あるいはその日、その場所の天気によって、月の見え方は刻々と変わる。

フランスの哲学者ミシェル・セールは、「科学者は食（eclipse）がいつ起きるかは予測できても、それが実際に見られるかどうかは、予測できない」[*2]と語った。いつが満月で、いつ月食や日食が起きるかについては、遠い将来にまでわたって正確に予測できるが、その日がはたしてどんな天気になるかは、あらかじめ予測することができないのである。

結局、月との出会いは一期一会なのだ。いつ、どんな月とめぐり会えるかは、その日、その場にいたものにしかわからない。

だれに対しても開かれているのに、その日、その場にいる、自分にしか見えない。月もまたまさに一つの、自然の開かれた秘密なのである。

東山の麓にある仕事場の庭から見ると、満月は、東山の向こうからゆっくりと顔を出す。山の稜線（りょうせん）が徐々に明るみ、やがてくっきりとした月の輪郭が見える。月の明るさに照らされた森の木々がぼんやりと浮かび上がり、宇宙と大地のときが静かに呼応する。やがて、月が全身を現す。このときの驚きは、何度経験しても色あせることがない。

全知全能の神がもしどこかにいるなら、僕は声を大にして伝えたい。

「ここからの眺めは、素晴らしいですよ！」

もし神が、この風景を見たいと願うなら、彼はいまよりずっと不完全にならなければならない。宇宙の片隅の銀河のはずれで、地球の表面のわずかな起伏の表面にはりつき、二足で大地を踏みしめながら、二度と見られないかもしれないいまの月の姿を、心に刻もうとするのだ。

月をたよりに人が暦を考案するはるか前、月は時の尺度であるよりむしろ、その引力によって地上の時を歪（ゆが）ませ、緩める星であった。だから、忙しなく歳月の経過を数えるよりも、月を見上げてじっと立ち止まるほうが、月との本当の付き合い方なのかもしれない。

月を時の尺度として消化していく世間の忙しなさは、「月並み」という言葉を生んだ。毎月くり返されること、月に一度必ずなにかが行われることが、やがて新鮮味の欠如、平凡、ありふれたことの代名詞となってしまった。

だが平凡や地味に思えることの背後にこそ、新鮮な感動の泉が隠れている。味がしないことは、味がないことではない。僕たちの味覚は、自分の唾の味や空気の味を感じない。「地味」とは、ほかのすべての味を感じ分けるための「地（ベース）」となる味のことである。それは単なる「無味」ではない。地味こそ、あらゆる味が湧き出す特異点なのである。

地球と一定の距離を保ち続け、いかなる特定の感情にも染められることのない月は、あらゆる感情を映し出し、照らし出してくれる、僕たちにとっての心の地（ベース）そのものかもしれない。

これほど人間にとって身近な風景で、人間の活動に汚染されていないのは、もはや月の表面くらいではないか。こんなに鮮明に見晴らせるというのに、人間の手はまだ容易には届かない。

実際、アポロ計画の終了から半世紀以上、人類は月に行っていない。月はまだまだほとんど手つかずの自然なのだ。

とはいえ、状況は目まぐるしく変わりつつあるという。貴重な資源が眠る月は、「七番目の大陸」とすら呼ばれている。月の開発をめぐる熾烈な競争の時代が、すでに始まりつつある。月が手の届かぬ、隔たりの彼方にある時代は、もうすでに終わろうとしているのかもしれない。

三歳になったばかりのころ、次男が時折、空を見上げて「お月さま、さわりたいなあ」とつぶやくことがあった。見えるのに触れない。感じるのに、触れることができない。

アメリカの哲学者ティモシー・モートンは、詩人ジョン・キーツの言葉を引きながら、美とは「感じないという感じ（the feel of not to feel）」だと論じたことがある。[*3] 感じないということの感じ……手の届かない月を見上げながら次男も、あのころすでに、美という経験の入り口に立っていたのかもしれない。

触れることができない美しさもあれば、手に触れてくる美しさもある。

手に触れる刹那に、すぐに溶けてしまう美しさもある。

雪は、天に浮かぶ月のような美ではないが、天からしんしんと地上に舞い降りてくる白くて透明な美だ。

子どもたちはなぜか、ほとんど無条件に雪を喜ぶ。朝目覚めて、雪が積もっているとわかると、パジャマのまま一目散で「雪だ！」と言って玄関を飛び出していく。

雪の結晶のあの精巧な美を、彼らはまだ顕微鏡で見たことがない。それでも彼らは、雪の素晴らしさを、すでに十分に感じているらしい。

寺田寅彦は「病室の花」と題したエッセイのなかで、いかに精巧をきわめた造花も、天然の花と比べてしまえば「まるで話にならぬほどつまらない」と語った。その明白な違いはどこにあるかといえば、両者を顕微鏡で検査してみれば明らかだという。

一方で、僕たちは、顕微鏡を覗く前からはっきりと、天然の花の美しさがわかる。顕微鏡で見てみなければわからないはずの花の細部がつくり出す見事な美しさを、僕たちは器具の助けを借りずとも感じることができる。

雪を喜ぶ子どもたちは、まだ雪の結晶を見たことがない。それでも、彼らが雪に見出している喜びはきっと、その一つ一つの結晶のあの幾何学的な美しさと無縁ではない。双眼鏡を覗いたことがなくても、子どもたちは月を見上げて触りたいと言う。月の表面が、ただお盆のように平らなだけであったら、月がこれほどまで彼らの心を引き付けることはなかったかもしれない。

自然の美しさに心打たれるとき、僕たちは見えないものを感じているのだろう。知覚の限界を超えた精巧な自然の構造が、僕たちの心を揺さぶっているのだろう。

寺田寅彦や、寺田の教え子であった中谷宇吉郎は、人が自然を前にしたときに感じる「センス・オブ・ワンダー」を日本語で精緻に描写するエッセイをいくつも残した。僕は、雪を見て喜ぶ子どもたちを見ると、たとえば中谷宇吉郎のエッセイのこんな一節を思い出す。


粉雪を外套の袖に受けてみると、白い砂をまいたように見える。一寸見たところでは、ただの粉のようであるが、よく注意して見ると、それが小さい六角の柱になっていることを知るであろう。虫眼鏡で覗いてみると、水晶の結晶のように、六角の柱の先が尖っているものもあり、ただの六角の柱もある。いずれも本当の水晶以上にきらきらと美しく輝いている。水晶を磨いて、こういう小さい宝物を作ったら、たいへんな贅沢なものになるであろう。そういう宝物が、何億何兆となく降って来て、しかもそれがすぐ自分の眼の前にあるのに、それを全然見ようとしないのは、ずいぶんもったいない話である。[*4]

見えないまま感じていた自然の美しさを、自分の眼で、虫眼鏡で、あるいは双眼鏡や顕微鏡でじっと観察するとき、僕たちはあらゆるスケールを貫く自然の精巧な美に驚く。全身に降り注ぐ光子、外套に舞い落ちる結晶として、自然は、惜しみなく「宝物」を配り続けている。これを受け取る子どもたちの声が、いまもこの星のあちこちに響いている。

＊2　Michel Serres, *The Birth of Physics*, Translated by David Webb and William Ross, Rowman & Littlefield International, 2018. 引用は筆者訳。

＊3　Timothy Morton, *Humankind: Solidarity with Non-Human People*, Verso, 2019.

*4　中谷宇吉郎「自然の恵み――少国民のための新しい雪の話」『雪を作る話』平凡社（2016）

7

一月末のある午後、裏庭で三歳の次男が、空に向かって手をぐっと伸ばしながら、「おとうさん、さくらとって」と言う。

彼が腕を伸ばす先には、梅の木がある。その枝に、どこから飛んできたのか、枯れ葉がかかっている。これを彼は桜の葉だと思ったのだろうか。取ってあげると次男は、まだ手を伸ばしたまま、同じほうを見て、「さくらとって」と言う。

その指差すほうをもう一度見上げると、枯れ葉のかかっていたさらに上の枝に、紅い小さな花が一輪、咲き始めている。なるほど、彼が「とって」と言っていたのは、あの梅の花のことだったのである。

木の幹、葉や根、種子など植物の身体を形成する部位のなかでも、花にはなにか特別に、人の心を引きつけるものがある。花が一輪開いただけで、なぜかぱっと心が明るくなる。

植物の進化の順序で言えば、茎や根、葉や幹、種子が生まれたあと、花は最後に誕生したという。雄しべと雌しべを持ち、花びらで装飾された花を咲かせる被子植物は、およそ一億四五〇〇万年前から始まる白亜紀には存在していたというが、植物のなかで最初にコケ類が、四億八五〇〇万年以上前に始まるオルドビス紀に陸上へ進出を果たして以来、植物は長いあいだ、花を咲かせることがなかったのである。

裏庭の梅の木は、今年、たくさんの蕾をつけている。出張が多く、庭をゆっくり歩く余裕もなかったころにはほとんど見向きもしていなかった梅だが、最近は、ここを子どもたちが訪れるとき、一緒に剪定（せんてい）をしたり、枝についたカイガラムシを除いたり、できることから世話をしている。蕾がたくさんついたのが、そのおかげなのかはわからないが、みんなで大切に手入れしてきた梅の木が、今年最初の花を咲かせた。次男が真っ先にこれを見つけてくれて、僕も新しい季節の兆しを感じて嬉しかった。

植物の全身のなかでも、花がひときわ人の心を魅了するのはなぜだろうか。そもそも、考えてみれば、花は魅力を放つためにこそ生まれてきたと言えるかもしれない。

花は、花粉を運ぶ鳥や虫を呼び寄せるために、魅力的であらねばならない。幹や葉があくまで植物自身の生存と成長のために働く器官だとすれば、花は、自分でないものたちを呼び寄せ、交わらせる場として生まれてきた。

もちろん、花が引き寄せたいのは、鳥や虫であって人間ではない。だが、庭に咲く梅のいまの姿は、人間との関係なしには語ることができない。海を渡って日本に伝わってきた梅は、以後、千年以上もの歳月にわたり、無数の人々によって手をかけられ、その進化の道筋に介入を受けてきた。結果、同じ梅でも、いまでは何百もの多様な品種が生み出されているのだ。

花は、そこを訪問する者たちに呼びかけ、受け入れ、他者を映し出す鏡となっていく。そこには、鳥や虫だけでなく、美を求め、花の咲く姿を愛で、育ててきた人間の心もまた、映り込んでいる。

かつてチリの生物学者フランシスコ・ヴァレラは、ある屋外で開かれた座談会の場で、植物学者で人類学者のフランシス・ハクスリーの言葉を引きながら、花と虫の共生関係について、次のように印象的な発言をしている。*5

私にとって進化とは、動物の認識や適応力が向上していくこととは無関係です。進化とは、ハチが花を、そして花がハチを、たがいに創り合うことです。どちらか一方を取り去ってしまえば、他方も一緒に消えてしまう。ハチと花とは、そういう関係にあるのです。

ここで筆者が「創り合う」と訳した箇所でヴァレラは、「dream up」という言葉を使っている。「dream up」とは、「思いつく」「ひねりだす」「想起する」といった意味を持つ言葉だが、ここでは、ハチと花が相互を想い、まるで夢見合うようにしながら、たがいの存在を生み出しあっていく関係が、「dream（夢）」という言葉とともに詩的に表現されている。

松や杉などの裸子植物は、花粉を風に運んでもらう。だが、風の偶然に身を委ねるだけでなく、虫や鳥の力を借りて、より確実に花粉を届けたいという植物の願いが、あるときついに花となって咲いた。甘い蜜を夢見る虫と、未来へ子孫を着実に残していこうとする植物とが、たがいにたがいの夢を交わし合うように、花は花になり、ハチはハチとなっていった。

実際、花の色や形、香り、開花する時間帯は、花粉を運ぶ生き物たちの性質に合わせて巧みに調整されているという。植物は花の奥に蜜を隠し、複雑な花の形によって、相応しい虫を選り分けることとすらする。

逆に、虫の身体もまた、花の進化に合わせて生まれ変わってきた。エレガントに花に着地するハチ、口吻を伸ばして華麗に蜜を吸うチョウの身体は、花のメッセージに対する虫たちのそれぞれに個性的な応答である。

ヴァレラが言う通り、花とハチとは、たがいを夢想し合い、創り合ってきた。いまでは「花はハチだけが潜り込みやすいような形になり、ハチは花に潜り込みやすいような形になっている」[*6]ほどだ。

こうした共生関係の網に、人間も深く編み込まれている。人が植物を選び、植え、育んでいく営みが、植物の形を変化させてきた。また同時に、そうした植物の姿に合わせるようにして、人間の感性や表現もまた、刺激され、育てられてきた。

花とハチ、植物と人間……地上の生命は、たがいに、たがいを創り合う。そうしてこれまでなかった風景を、日々新たに、ともに生み出し続けている。

もちろん他者との共存はただ、たがいを支え合うことだけではない。そもそも虫は本来、花粉を食べてしまう植物の天敵だった。共生関係もいつ寄生や敵対の関係に、ふたたび転落してしまうかわからない。共生とは、ギリギリのところで成り立つ、一つの奇跡的な均衡なのである。

子どもたちは僕よりもはるかに大胆に自然と交わっていく。僕が梯子(はしご)に乗って庭木を剪定している横で、長男はいつの間にか椿や松の木にすいすいと登っていく。

木と一つになり、たくましい木の生命と一体化する喜びに浸る時間も束の間、長男はあるとき、公園の藤の木の枝の陰に潜むサシガメに指を刺された。サシガメは肉食性の昆虫で、注射針のような口を獲物のからだに突き刺して体液を吸う。突然しのびよってきた人間の指に驚き、サシガメは長男の指を刺したのである。

鋭い痛みに驚き、彼は不安そうな顔で涙を流し続けた。僕よりはるかに大胆に自然と交わっていく彼は、僕が経験したことのない様々な痛みを、自分の身体で確かめている。

臆病な僕は、子どもがあまりに大胆に自然のなかへ分け入っていこうとすると、つい「危ない」とその行動を止めようとしてしまう。大人は、子どもたちの安否を心配(ケア)しなくていいようにと、あらかじめ安全な枠のなかに、子どもを閉ざそうとしてしまう。

「安全」を意味する英語の「secure」はもともと、「se（without）＋cure（care）」で、字

義通りには、ケアがないことを意味する言葉である。ケアは、心配とも訳されるから、「安全＝心配がない」ということでもあるが、ケアが、気配りや心遣いを意味することも考えると、「安全」なだけの空間とは、他者への気配りや心遣いに欠けた空間でもある。

意外な驚きや自然の不思議に子どもが感性を開いていくとき、目の前で起きる一つ一つの物事に彼らは全力で注意（ケア）を傾けている。だからこそ、彼らの行動はときに「安全」な空間の枠を飛び越えてしまう。このとき、近くにいる大人にできることは、ただなるべく彼らの邪魔をしないこと、近くで、ドキドキハラハラしながら、じっとその探究を見守り続けること。自然のなかで遊ぶ子どもたちにとって、ただ「安全（se + cure）」であるよりも大切なのは、目の前の物事に対していつでも「注意深く（care + ful）」あれることだ。

大人はいつも、自分こそ注意深いと、どこかで思い込んでいる。だが、次男が見つけた梅の花を見逃していたほど、僕の注意など頼りない。そもそも人間の意識にのぼってくる情報は、自然を行き交う情報の奔流に比べて、あまりにわずかな断片でしかない。

僕たちは五官を通して外界を感じている。少なくともそう思い込んでいる。だが、それだけでなく、内臓でもまた、環境についての詳細な情報を、身体はいつも休まずモニタリングしている。

最近の研究によれば、腸は、ただ栄養を吸収するだけの器官ではない。腸は、五〇〇〇万から一億の神経細胞で構成される「腸管神経系」と呼ばれる独自の神経系を備え、そのため「第二の脳」とも呼ばれている。大腸のなかにはおよそ一〇〇〇種類、六〇〇兆から一〇〇〇兆個ものバクテリアが棲む。無数の生き物たちでにぎわっているのは、僕たちの身体の外だけではないのだ。

ただし、腸のなかは、必ずしも僕たちの身体の「内部」とは言えない。顔の皮膚から唇、口腔（こうくう）内へとたどっていけば、食道や胃、腸の表面から肛門まで、すべてがひとつながりに連続した身体の「外部」である。口から肛門にいたる消化器官の長さは六から八メートルにもなる。これを細胞生物学者の永田和宏は、「ヒトの内なる外部[*7]」と呼ぶ。

僕たちは五官だけでなく、内臓でも「外界」と接触している。ここで得られる膨大な環境についての情報を、脳とは独立の神経系が休まず処理し続けている。

消化管で集められた感覚情報の九〇パーセント以上は意識にのぼらないという。僕たちは「内なる外部」を行き来する自然を、ほとんど感じないまま生きているのである。

外の自然に目を開き、耳を澄ませるのと同じように、ときには身体の「内なる自然」にも感覚を開きたい。そこにもまた自然の不思議と驚異の広大な領域がある。

通常の意識ではほとんど接触できないこの内なる自然の広大な領野に、アクセスできる貴重な機会がある。それは、僕たちが眠りについているときである。

胃腸病学者のエムラン・メイヤーによれば、夢を見ている最中に身体の機能がオフになる。このとき、脳と腸、そして腸内微生物のコミュニケーションが、ほかのどんな時間にくらべても活性化する。だから、夢を記録し、これを分析することで、内臓感覚に触れ、「内臓感覚に対する信頼を確立する」ことができる可能性がある。

外界の情報を集め、環境を注意深く調査しているのは僕たちの脳だけではない。消化管とその神経系、そしてそこに宿る微生物たちもまた、相互に連携しながら、これ自体が「驚異的な情報処理装置」として働いている。*8

夢が、目覚めているときの意識の一時的な混乱ではなく、むしろ、夢においてこそ、ふだんは表面化していない、内臓や細菌や体内を行き交う無数の分子たちによる繊細で精緻な情報処理が顕在化しているのだとしたら――あらゆるスケールで生命が相互に刺激し合い、たがいを創り合うこの自然は、僕たちの目覚めているときの意識だけではとうてい届かない、深い「夢」のようなものなのかもしれない。

＊5　Franz Reichle, *Monte Grande: What is Life?*, Icarus Films, 2008.　引用は筆者訳。
＊6　稲垣栄洋『植物はなぜ動かないのか　弱くて強い植物のはなし』ちくまプリマー新書（2016）
＊7　永田和宏『生命の内と外』新潮選書（2017）
＊8　エムラン・メイヤー『腸と脳　体内の会話はいかにあなたの気分や選択や健康を左右するか』高橋洋訳、紀伊國屋書店（2018）

8

庭の椿が、今年も大きな花芽を膨らませ、いまにも開こうとしている。春が近づくと、庭の片隅で、コケの胞子体が、ぴんと背を伸ばして立ち上がっている。自然はまるで人目を盗むように、静かに、音もなく移り変わっていく。油断していると変わりゆく自然の大切な瞬間を、僕はいつも見逃してしまいそうになる。

自然の動きがとらえがたいのは、単に「速い」からだけではない。椿の枝をいつまで見ていても、蕾が開いていく動きは見えない。地面をいくらじっと観察していても、胞子体が伸び始める瞬間をつかむことはできない。自然はときに、人間の知覚ではとらえきれない遅さで、めまぐるしく生まれ変わっていく。

同じ自然のなかに、いくつもの異なる時間がある。椿もコケも、ヒトとは違う時間の流れのなかにいる。だからこそ、その動きは、目の前にあっても見えないことがある。気づいたときには、花はもう咲いている。コケの胞子は、すでに大気に放たれている。

自然がどれほど多様な時間を包摂しているか、いつも感じ続けることは簡単ではない。ヒトの身体は、ヒトのスケールで流れる時間に合わせて、あらかじめ調整されているからである。

異なる時間に思いをはせるためには、感覚だけでなく、思考の力が必要になる。ただ自然に触れ、観察するだけでなく、これまで科学が積み重ねてきた緻密な思考の力を借りて、身体の内外に流れるいくつもの時間を、感じ始める練習をするのだ。

一人の身体のなかでさえ、複数の時間が流れている。どれほど長閑（のどか）で、平穏なひとときにも、全身の細胞では、すさまじい速さでタンパク質が作られ、運ばれている。

全身を構成する何十兆もの細胞の一つ一つで、膨大な数のリボソームがいまも、遺伝子に書かれたプログラムに従い、タンパク質を忙しなく合成している。リボソームは一秒間にアミノ酸一〇個を作り出し、アミノ酸が何百も連なるタンパク質がおよそ一分で組み上げられていく。この細胞内の小さな「工場」を稼働させ続けるためにはもちろん、たくさんのエネルギーが必要になる。

生きることは燃えることに似ている。生物が細胞で行う「呼吸」は、有機物を酸化する過程でエネルギーを取り出す「酸化還元反応」の一つである。この点だけ見れば、「呼吸」は「燃焼」と同じだ。

ただ、ものが燃えるときには、エネルギーが熱として一気に放たれてしまうのに対して、呼吸の場合、エネルギーを一挙に失わないように、反応のステップが慎重に、細かく分けられている。反応の過程で取り出されたエネルギーは、「エネルギーの貨幣」とも呼ばれるATP分子の形で、あとで利用できる状態のまま巧みに切り出されていく。

緻密に実装された「燃焼の遅延」――これによって、細胞は呼吸しながら、いわばゆっくりと燃えている。高速な燃焼の速度を緩めることによって、細胞はそこで得られるエネルギーを利用しながら、複雑で多様な仕事ができるようになる。

ヒトは体重一グラムあたり約二ミリワットのエネルギーを消費している。体重六五キログラムでおよそ一三〇ワットだ。まるで小さな電球のように、僕たち一人一人は、それぞれの生命の明かりを灯し続けている。

今年の冬、京都ではよく雪が降った。二〇センチ以上積もった日もあった。

ある朝、学校に向かう途中、雪を集めて丸い玉を作った長男が、その雪玉を、校門の前で次男に手渡した。次男は、まるで宝物を受け取ったように、両手にこれを乗せて家に向かって歩いた。まん丸の雪玉は、ゆっくりと燃える次男の手のなかで、少しずつその形を失っていった。

ヒトの時間、椿の時間、コケの時間、キノコの時間……地球上に暮らすあらゆる生物は、それぞれに固有の時間を刻む。一つの生物の身体のなかでさえ、いくつもの異なる時間が流れている。

たとえば心臓がドクン、ドクンと脈打つ時間。細胞のなかでタンパク質が作られ、運ばれていく時間。タンパク質の原子間の結合が、伸び縮みするフェムト秒（一〇〇〇兆分の一秒）オーダーの目まぐるしい時間……。

一人の身体に、いくつもの時間スケールが混ざり合っている。身体とは、時間のにぎわいそのものなのである。

哲学者の平井靖史は、「物を見る」という経験それ自体が、時間の観点から考えると、「互いに途方もなく隔たった時間スケールが一つの同じ相互作用のなかに参入」していく事態だと語る。*9

椿の緑の艶やかな葉や、真っ赤な美しい花びらが見える。僕たちがこのとき、花の「赤さ」として経験している光は、波長約七五〇ナノメートルの電磁波である。

赤色光は一秒間におよそ四〇〇兆回振動している。ヒトの視覚は、その振動の一つ一つを見届けることはできない。

知覚には知覚の時間分解能がある。ヒトの視覚の場合、時間分解能はおよそ二〇ミリ秒程度だという。この場合、一秒あたり五〇コマの識別が限度だ。僕たちの視覚が、同じ「瞬間」として受け取る一コマのあいだに、赤色光は八兆回も振動している。八兆回の振動を一つの瞬間に束ねて、僕たちはそれを「赤」として経験している。

光が振動するだけでは色は生まれない。光と、ヒトの視覚系の相互作用が「赤」の経験を作り出す。光のミクロな時間と、視覚のマクロな時間——時間と時間の邂逅と協奏が、見るという経験の質を生み出している。

地球の自転が、一日のリズムを作り、地球の公転が、一年の周期と季節の流れを作る。

だが、星が回転したり、別の星のまわりをめぐり続けるだけでは、一日や、季節の経験は生まれない。

鳥が鳴き、花が咲き、虫が目覚め、人が動き出す。地球の自転や公転のリズムに呼応しながら、地上の生命が奏でる多様な時間が、一日を開き、季節を生み出していく。

ヒトの身体を構成する直径二〇マイクロメートルの細胞一つ一つのなかで、精巧なナノマシンが忙しなく働き続けている。他方で地球は、毎秒四〇〇メートル以上の速度で自転し、銀河系は、膨張する宇宙に乗って、秒速六三〇キロで移動し続けている。

タンパク質の時間や太陽系の時間、銀河系の時間を、僕たちは肌で感じることはできない。だが異なる時間は相互に響き合い、絡み合っていく。たとえば地球の回転する時間は、生命が刻む時間と、すでに分かち難く絡み合っている。

地球の運動と同期する「概日時計(がいじつ)」は、ほとんどあらゆる形態の生物の体内に備わっているという。シアノバクテリアは体内時計にしたがい、日の出前から光合成の準備を始める。ハエの幼虫は、日中の脱水を避けるために、午前の早い時間帯に羽化する。このために、前日の夜中のうちから、準備を開始するのだという。

生物はただ、地球の自転がもたらす日照の変化に、その都度反応しているだけではない。

自身の体内で、一日の周期を、模倣できるように進化してきたのである。
多くの動植物は、季節の変化も、体内で表現することができる。椿は晩秋に不凍タンパク質を作って冬に備え、ウズラは甲状腺刺激ホルモンの分泌によって、春の到来を知ることができる。春はただ、生物の外にやってくるだけではない。春には、生物の身体そのものもまた、みずから春になっていくのだ。

一つの生物の体内に、複数の時計がある。いくつもの異なる時間が、同じ身体のなかにある。僕たちは一つの絶対的な時間を与えられているのではなく、他者と関係し、相互作用しながら、いくつもの新しい時間を生み出していくことができる。

レイチェル・カーソンは、虫が消え、鳥が鳴かなくなった「沈黙の春」が到来する未来の可能性を描いた。だが、虫も鳥もなく、地上の生命がそれぞれに固有の時を刻むのをやめてしまえば、沈黙すべき春そのものが、消えてなくなってしまう。

河合隼雄が『ユング心理学と仏教』のなかで、ユングが一九二〇年頃に、アメリカ先住民のプエブロ族を訪ねたときのエピソードを記している。ユングはそこで、老人たちの品格ある姿に心打たれた。たたずまいや容貌などが、ヨーロッパの老人たちとはまったく異なっていることに驚いた。ユングは、この老人たちの姿に、「犯しがたい尊厳性」を感じた。

　やがて、ユングにはその秘密がわかった。プエブロの長老たちは、高い山に住んで、「自分たちの祈りの力によって太陽の運行を支えている」と信じていたのである。

　自分たちが祈りを怠れば、太陽の運行が止まる。時間の基盤そのものが失われてしまう。これを壮大な妄想と片付けることは簡単だが、この彼らの信念には、大切な真実が宿されていると思う。

　僕たちはただ、自分たちから切り離された客観的な時間の枠のなかに閉じこめられているのではない。生きることは、時間を生み出すことである。ヒトの時間、椿の時間、コケの時間、雪の時間……。地上にいくつもの時間が咲き、たがいに触れ合い、響き合っている。そうして一日が、そして季節が、紡がれていく。

　時間を使い、ただ消費するだけでなく、自分たちこそが時間を生み、支えているのだという誇りと自負――それこそが、プエブロ族の老人たちの、品格と尊厳の根拠だったのではないかと思う。

　休日の雨のない日に、近くの川に、子どもたちと散歩に出かける。人工時計が刻む同じ

一つの時間の外に、川とともにある複数の時間がある。

「見てカモさん！」

「サギもいるよ！」

「ほら、こんなキラキラした石を見つけた」

「お花が咲いてる！　おかあさんに持って帰ろう？」

長男はまだ時計が読めるようになり始めたばかりで、次男はまだ十まで数えるのがやっとだ。彼らはまだ、循環する季節や一日のリズムの外で、いつまでも同じ速度で進み続ける時間を想い描くことができない。それだけに彼らは、僕よりもずっと素直に、自然を流れる複数の時間を受け止め、身を委ねることができるようだ。

カモが休息する時間、サギが餌を待つ時間、石が削られていく時間、花が開いていく時間……。

彼らはいくつもの異なる時間と呼応しながら、まるで踊るようにして遊ぶ。立ち止まり、笑い、駆け抜け、たたずむ。

時間はただ消費するものではなく、生み出していくものだ。彼らがいつも、そう教えてくれる。

木々のように、花のように、彼らもまた目に見えない遅さで、あっという間に育っていくだろう。

そうして新しい時間と季節を、この地上に咲かせていくだろう。

＊9　平井靖史『世界は時間でできている　ベルクソン時間哲学入門』青土社（2022）

9

「わ、おとうさん、すっごいものみつけたよ！」庭の桜も散り、若葉が出始めた四月初旬のある日、仕事場の裏庭のほうから、長男の大きな声が聞こえてくる。なにかなと僕もそっちに向かうと、「ほら見て！」と両手に大きなアスパラガスを握りしめている。

「アスパラ、こんなに大きくなってる！　ほら、スナップえんどうもこんなに！」七歳の少年は、新しい季節の到来を全身で喜んでいる。

アスパラガスの苗を最初に裏庭に植えたのは、彼がまだ四歳のころだった。砂利だらけの裏庭の小さなスペースで、僕は長男と少しずつ土を耕し、試行錯誤で野菜を育て始めたのだった。アスパラガスがどんな風に育っていくのかも、いつどのように収穫できるのかも、当時はよくわかっていなかった。

スーパーなどで手に入る、一般に食材で使われるアスパラガスは、春から夏にかけて出てくるアスパラガスの若芽だ。あの若芽をそのまま育てていくと、二メートルにも迫る高さにまで伸びていく。やがてふさふさと柔らかく、鮮やかな緑の「葉状茎(仮葉)」を広げていく。何本ものアスパラガスがそうして伸びていくと、畑の一画が、まるで小さな木立のような趣になる。このときしっかり光合成をさせてやることで、地下の株元にたっぷり養分を蓄えさせることができる。そうして翌年にはまた、元気な若芽が、次々と出てくるようになる。

アスパラガスを本格的に収穫できるようになったのは、苗を最初に定植してから三年目の春だった。そうして何年もこのアスパラガスと付き合ってきた長男は、もう収穫のタイミングをすっかり心得ているのである。

「あ、アゲハチョウ！　虫網とってくる」蛹で冬を越えたアゲハチョウが、空に高く飛翔していく。長男は網を取りに走る。「おっくんも！」と次男がそのあとを追う。

裏庭に植えているレモンやポンカン、サンショウの木は、アゲハチョウのために植えていると言ってもいいくらいだ。サンショウの葉は、アゲハチョウの幼虫がいないときに、こちらがお裾分けをしてもらうような感覚で、少しずつ遠慮がちに収穫している。

レモンは、裏庭の畑を始めるより前に、周防大島に住む友人にもらったレモンを絞ったあとに残った種を長男が土に植えたもので、もう四年目になるが、背丈は小さい。果実もまだできたことはないが、それでも最近は毎年、春と秋にはアゲハチョウがここで産卵をして、イモムシの発育の場になっている。

まだ三歳の次男にとって、四年目のレモンは、ほとんど自分と同い年である。彼にとっては、この庭で起きるすべてが、まだまだ新しい。ミミズやダンゴムシなど、長い冬を越えて畑で再会できる身近などんな虫も、彼は見つければすぐに手に取り、自分の目で観察したいのだ。

「あ、イモムシ！」と長男が叫ぶ。「どこ!?」と次男が覗き込む。ポンカンの木の枝に、アゲハチョウの幼虫がいる。

昨秋は自宅で、孵化（ふか）から羽化まで、何匹ものアゲハチョウの変態を見届けてきた。最後の一匹が羽化した日の朝、次男は玄関先でそのアゲハを手に乗せ、「はい、とんでもいいよ!」と外に放ってやった。空高く飛翔していくチョウを見ながら彼は、しみじみ「かわいい……」とつぶやいていた。

アゲハチョウはどうして小さなサンショウやレモンの木を見逃さずにやってくるのだろうか。先日もレモンやサンショウを植えている花壇の辺りをアゲハチョウがひらひらと舞っていた。我が子が生まれ育つ環境をたしかめるようにしばらく周囲を舞ったあと、サンショウの葉の上に静かに降り立ち、おしりをきゅっと丸めて、丁寧に卵を一つずつ生みつけていく。

まだ生まれたばかりのアゲハの初齢幼虫は、黒くて大きさは数ミリほどしかない。ここから緑色の幼虫にまで成長し、蛹から無事に成虫にまでなれるのは、自然界ではわずかな確率でしかない。ハチやハエに寄生され、ウイルスやカビに感染し、アリやサシガメ、鳥などの天敵に食われる。レモンやサンショウの葉が、イモムシの貴重な栄養源でもあるように、イモムシ自身もまた、ほかの生き物たちがいのちをつなぐ糧となって、生態系の複雑な網を支えている。

裏庭のポンカンの小さな木には、葉があまりない。わずかにあった若葉もほとんど食われてしまったか、幼虫は葉のない枝にしがみついてじっとしていた。これを見つけた長男は、近くのサンショウの葉の上に、この幼虫を移してやった。

サンショウのほうはまだ新しい葉がたっぷり生えている。チョウもまさか、ヒトの子に自分の子を助けられるとは思っていなかったにちがいない。なにしろ、ヒトはチョウよりずっとあとに誕生した生物だ。そのヒトが、イモムシやチョウの姿に惚れ、食草を庭に植えたり、幼虫を守ろうとしたりしている。

花の散ったあとのサクラの芽吹きにも、この時季はいろいろなイモムシがやってくる。*10

家の近くの料理屋さんで、サクラの新芽が料理に添えられて出てきたことがある。芽吹いたばかりのサクラの若葉が、柔らかくて香りもよく、とても美味しかった。サクラの芽吹きに集まるイモムシの気持ちが、このとき少しだけわかるような気がした。

自然界の緑のなかには、人間にとって食べられないものも多い。だが、いろいろな葉や草が虫に食われた跡を見れば、自然は実に多様な生物にとっての美味しさにあふれているのだと思う。

少し長めの出張から帰ってきた四月のある日、庭のキンモクセイを見ると若葉がかなり虫に食われていた。近くで見るとあちこち葉の上に小さな黒い糞がついている。糞の近くには細かな糸が張られていて、どうやら蛾の幼虫がつい最近まで、ここで食事をしていたということらしい。キンモクセイの成長を見守る目からすれば、これは残念な被害でしかないが、イモムシの目になれば、お腹いっぱいのありがたいごちそうの余韻だ。

しかしどれほど多くのことがこの小さな庭のなかだけで起きているとしても、いつも驚かされるのは、自分がいかにそのほとんどを見逃しているかである。十年以上も前からこの庭を知っているはずなのに、子どもたちと一緒に庭を観察するようになるまで、気づかなかったことばかりだ。

彼らは僕と自然のあいだに、新たな交流の経路を開いてくれる。子どもたちの好奇心や素朴な疑問を通して、僕はこれまで見逃していた自然の新たな姿を発見し続けている。

子どもたちのおかげで、僕は身近な植物や虫のことをよく見るようになった。そして、むかしよりもずっと頻繁に、空を見上げるようになった。

母方の祖父が亡くなってまだ間もないころ、長男と二人で東京に帰省し、祖父が大切に育ててきた庭を訪ねたことがある。そこで彼は、晴れわたる青空を見上げて、「とーきょーってくもひとつないんだね！」と叫んだ。そのあと芝生にビニールシートを敷いて、「暮らしやすいなあ！」と大の字になる彼と一緒に、しばらく空を見上げて、祖父のことを想った。

同じ空でも、時間によって、季節によって、表情は変わり続ける。雨の日もあれば、晴れの日もある。日がのぼる空もあれば、沈んでいく空もある。眩しい青空もあれば、静かに澄んだ夜空もある。

夜の空には特に、いつも驚かされる。月と金星と木星が一直線に並ぶ。繊月の夜、地球照で月の丸い形がくっきりと浮かび上がる。月食を見つめる。星座を見つける。流れ星を待つ。

子どもと一緒に夜空を見上げるのは、特別な経験である。まだ小さなうちは、子どもは夜早くに寝てしまう。手をつなぎ、夜道を歩いて、静かに星を一緒に見上げる。それは、彼らがそこまで成長した証である。それだけ遠くまで、ともに歩んできた証明である。

「見て、オリオン座！」

「ベテルギウス！」

と叫ぶ声を聞いていると、僕は、ロジャーがカーソンの膝の上に乗って、満月の夜、月と、海と、大きな夜空を見つめたあとに、ふとささやいた、あの言葉を思い出す。

「きてよかったね」

この広大な宇宙の、この星にたまたま、「これてよかったね」、「きてくれてありがとう」と僕は心から思う。

日中の空の眩しい青い光は、宇宙の彼方から届く弱い光を隠してしまう。空が青いのは、地球の大気による太陽光の散乱のせいだ。太陽の光自体は、赤から紫まであらゆる色を含んだ「白色光」だが、そのなかでも特に波長の短い光ほど、大気の分子に当たって強い散乱を起こす。可視光のなかで最も波長の短い紫の光が、青色よりも強く散乱するが、人間の目には紫より青がよく見えるため、空は紫ではなく青色に見えるのである。

僕たちは宇宙の片隅に浮かぶ小さな星で暮らしている。だが、日中はこの青い空のベールが茫漠(ぼうばく)とした宇宙の広がりを視界から隠してしまう。そうして僕たちは、まるでこの地上がすべてであるかのように、仕事に没頭し、遊びに熱中することができる。

だがやがて太陽が沈むと、宇宙の光をさえぎる空は晴れ、冴(さ)えわたる夜空に、星が浮かびあがってくる。とてつもない時差とともに、はるか彼方から届く、弱く、微かな光の一つ一つが、僕たちの目に届き始める。

子どもの心は夜空みたいだ、と思うことがある。春の収穫を喜び、虫を追いかけ、「とんでもいいよ」とチョウに呼びかけるとき、彼らの心は、まるで夜空のように、自分を超えた世界の広さに、無防備に開け放たれている。

　この惑星では、夜空と青空が、くり返されていく。

　子育てや仕事で悩み、落ち込んでいるときも、夜になると、空が開けて、「ここだけがすべてではない」「世界はもっと広いのだ」と、静かに教えてくれる。

　だが宇宙のあまりの広さに心細くなったとき、夜が明け、やがて青い空が広がる。眠りから覚めれば、宇宙はもう視界から消えている。青空のもと、僕たちはまた新しい一日を歩き始める。

　ただ回転している惑星に乗っているだけなのに、毎日が新しいのは、ありがたい。青空だけがいいのではないし、夜空のほうがいいのでもない。青空と夜空が交替し続けていくことに、僕たちの心は、支えられてきたのである。

　ときに晴れわたり、ときに雨を降らせる。ときに青空となり、ときに夜空となる。この惑星に育まれてきた僕たちの心もまた、きっとそれでいいのだと思う。

　晴れもあり曇りもある。青空もあり夜空もある。

　変わり続ける空とともに、僕たちはこれからも生きていくのである。

*10　このことは『わたしはイモムシ』（工作舎）などの作者でイモムシ画家の桃山鈴子さんに教えてもらった。そのほかにもイモムシについてのいろいろなことを、僕たち家族はいつも彼女から教えてもらっている。

10

「こんなにいいことがあるって、やっぱり夢なのかなあ。夢だったらやだなあ。ああ、夢だったらやだよお」と長男が大きなカエルをつかまえた嬉しさのあまり、その喜びが、つかのまの幻ではないかとしきりに心配している。

僕の仕事場の裏庭で、彼が見つけたのはモリアオガエルだった。体長は六～七センチほどで、全身の鮮やかな緑の色が眩しい。樹上に大きな泡状の卵を産むめずらしい習性をもつカエルだ。アマガエルやツチガエル、トノサマガエルは裏庭でもしばしば見かけるが、ここでモリアオガエルを見るのは、僕も初めてだった。

裏庭にはトロブネに水を張って作った簡単なビオトープがあって、そのすぐ横のスナップエンドウのツルにカエルはつかまっていた。モリアオガエルは夜行性で、日中は木の葉などに隠れてじっとしていることが多いのだという。

同じ庭でもこうして、しばしば新しい生き物に出会えるのは嬉しいことだ。特に、子どもたちが生まれてからこの庭は、庭そのものが生きているかのように、生まれ変わってきた。

長男が年中のときには、彼と一緒に砂利だらけの裏庭を耕し、小さな菜園を作った。落ち葉や腐葉土で埋まっていた側溝を掃除し、アラカシやスギの生垣も息子たちや息子の同級生たちに手伝ってもらいながら剪定した。そうしたちょっとした環境の変化に応えるように、庭に新たな生き物がやってくるようになった。

環境の変化に応えてどんな生き物がやってくるかはほとんど予測ができない。「トノサマガエルが来てくれたらいいね」などと子どもたちと言いながら水を張った裏庭のトロブネに、真っ先にやってきたのはハチやトンボだった。こんなささやかな水場でも、ハチにとっては切実な水飲み場で、トンボにとっては産卵の場なのだとあらためて思った。

水場に負けず劣らず、たくさんの生き物が集まってくるのは、甘い蜜を出す植物の花である。

裏庭のハコネウツギの木に花が咲くと、クマバチが花粉や蜜を集めにやってくる。毎朝、ほとんど決まった時刻に、表の庭から屋根を越えてウツギにやってくるクマバチたちは、もう赤くなってしまった花は素通りし、まだ白い花を選んで次々に訪問していく。ハコネウツギの花は最初は白く咲いて、少しずつピンクになり、そしてやがて赤くなってから萎(しお)れて落ちていく。花の色が変わるのは、もうここに花粉や蜜はないという、虫への合図にもなっているようである。

蕾が開いたばかりのウツギの白い花には、花粉がまだたくさん入っている。クマバチがぐっと頭をなかに入れていくと、からだにどっさりと花粉がつく。あまりの量に、少し慌てたような仕草で、顔についた花粉をハチは前脚ではらう。そしてまた、次の花へと飛び移っていく。夢中に花粉を集めるその姿が、なんとも愛らしいと思う。

同じハコネウツギには、アシナガバチもやってくる。彼らの目当ては花粉ではなく、ウツギの葉の裏に隠れているハバチの幼虫だ。幼虫を見つけると、アシナガバチは強いアゴで食らいついて、せっせと肉団子にしてしまうらしい。[*11] それを巣に持ち帰って子に与えていくのだ。

同じウツギでも、クマバチにとっては蜜と花粉を集める場所で、ハバチの幼虫にとっては葉を食べ、身を隠す場所であり、アシナガバチにとっては、子どものための餌を確保する場になっている。たった一本の木が、いろいろな生き物にとって、それぞれ別の意味で、切実に必要とされている。

水場や花のように、多くの生き物でにぎわう人気の場所もあれば、ほとんどだれにも見向きされない場所もある。だが、そんなまだだれにも注目されていない場所こそ、そこをうまく活かす方法を発見した生き物にとっては、最高の居場所となる。

先日、竹ぼうきで庭の掃除をしていると、左手の親指に強い痛みが走った。サシガメかなにかに刺されたのだろうかと思ってほうきを確かめたが、どこにも犯人らしき虫の姿は見当たらない。みるみるうちに親指は腫れていった。だが痛みの原因は特定できないままであった。

ある日、庭で長男が竹ぼうきを指して、「見て、ハチが入っていった！」と叫んだ。見ると、確かにあの竹ぼうきに、まるで尺八のように人が丁寧にくりぬいたとしか思えないきれいな穴が空いている。しばらく見ていると、その穴にクマバチに似た黒いハチが何度も出入りしていることがわかった。

調べてみると「タイワンタケクマバチ」というハチらしい。古竹に巣を作る習性があり、大陸から日本に比較的最近入ってきたという。各地の竹垣や竹ぼうきに巣を作りながら、その数を日本でも増やし続けているそうだ。

僕には掃除道具でしかなかったこのほうきが、ハチにとっては住処だったのである。生き方が違えば、同じものでもこうも見え方が違う。自分の尺度でばかりものを見ていてはいけないと、ハチがチクリと僕に教えてくれたのである。

庭で新たな生き物に出会うたびに、僕は庭にあるもの、ある場所の、思わぬ生かし方を学んでいる。そうか、そんな見方、そんなとらえ方もあったかとハッとさせられる。

もちろん、どんな生き物でもいつも歓迎できるわけではない。タイワンタケクマバチには、二度と巣を作られないように、僕はほうきを立てかけずに必ず寝かせて仕舞うようになった。ムカデやチャドクガ、スズメバチなど、できれば庭で出会いたくない生き物は少なくない。

庭の手入れをするということは、すべてを受け入れることではないのだ。なにを受け入れ、なにを受け入れないかの選択と判断の連続である。

だが子どもたちが近くにいてくれるおかげで、その選択や判断は、経済性や合理性の外にはみ出していく。なにしろ、いままで見たことのない生き物が庭にやってくるだけで、彼らは目を丸くして喜んでくれるのだ。それがなんの役に立つのか、どんな意味があるのかはわからない。それでもただそこに、見たことのない生き物がいるというだけで、子どもたちは驚き、魅了され、感嘆の声をあげる。そんな彼らの姿が見たくて、僕も少しでも多くの生き物たちがやってくる庭になるようにと、この庭の手入れを続けている。

当初は雑草を抜いたり、伸びすぎた枝を剪定したり、目の前の必要な手入れをすることで精一杯だったが、最近は、少しずつ庭を見る目も変わってきた。これまでよりも風の流れや水の流れを意識するようになった。

庭の山側の一角に、枝が伸びるままに鬱蒼（うっそう）としていたアラカシの生垣があって、その下はいつも暗くジメジメしていた。時折、子どもたちがその下に隠れて秘密基地ごっこなどをして遊んでいるので、それはそれでいいかもしれないと思っていたが、あるとき意を決してこの生垣を大胆に剪定してみると、庭が見違えるほど明るく、風通しがよくなった。

これがきっかけかどうかわからないが、最近は、ナミアゲハのほかにもアオスジアゲハやクロアゲハなど、いろいろなチョウが裏庭を通るようになった。それまでクロアゲハなどは裏庭を避けるように、表の庭から屋根を越えて山のほうに飛んでいくことが多かった

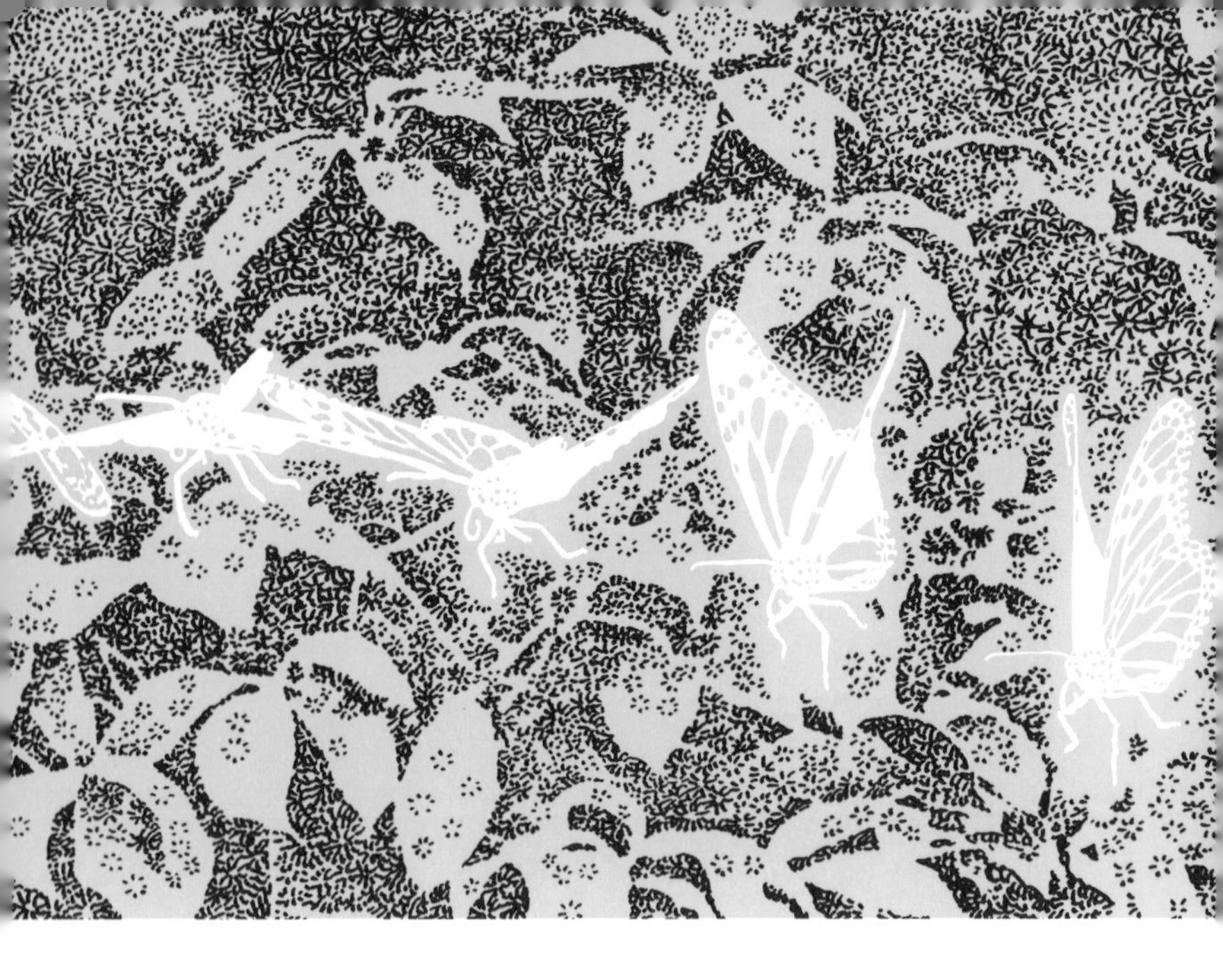

と思う。アラカシを剪定したことで新しい「チョウ道」が開けたのかもしれない。

水の流れも意識して観察するようになった。雨が強くあたって表土が流されがちなところでは、土は硬くなり、水も土に浸み込まずにたまってしまう。雨の日の水の流れを観察していると、雨水が少しずつ庭の土を運び、いまの地形ができてきた来歴が浮かび上がってくる。

僕が生まれるずっと前からここに土地はあった。だから、自分の知っているこの庭だけでなく、かつてここがどんな場所で、どんな来歴を経ていまの風景があるのか、それを理解したいと思う。

僕にとって庭の手入れは、なにかを新たに

作ることではない。それはどちらかといえば、身近な環境を「修復」していくことである。詰まった水の流れを回復させ、閉ざされた風の流れをふたたび開いていく。作ることよりも直すことで、わかってくることは多い。

もちろん思い通りにいくことばかりではない。環境に手を入れることは、思わぬところで、意外な結果を引き起こすことにもなる。そのたびに僕は驚き、反省し、身近な環境についての自分の単純で浅はかな理解を恥じる。それでも自分で実際に手を入れてみて、それが引き起こす結果を一つ一つ見ながら、そこから地道に学んでいくしかない。

モリアオガエルを見つけた長男は、カエル

を家で飼いたいと言った。僕はせっかく庭に来てくれたカエルなのだから、庭でそっとしておいてあげたいと思った。

だが彼だってもっと学びたいのだ。自分なりに手をかけ、手を入れながら、この未知の生き物の存在を感じ、もっと深くわかりたい。

カエルは結局、しばらく飼ってみることになった。水槽に土や水苔で起伏のある地形を作り、長男は大きな枝を何本も入れて、カエルにとって少しでも快適な場所を作ろうと工夫していた。最初の夜、カエルはコロロ、コロロと美しい声で鳴いた。モリアオガエルはこんな声で鳴くんだねと、僕たちは目を見合わせて驚いた。新しい部屋を気に入ってくれたのかなと、ちょっとほっとして笑った。

モリアオガエルは以前飼っていたトノサマガエルに比べると少し小ぶりでかなり大人しかった。問題は、なかなか餌を食べようとしないことだ。僕たちは餌の捕獲に奔走した。コオロギやダンゴムシなど地面を這う生き物にカエルが見向きもしないとわかると、息子たちは、近くの河原で、チョウを捕まえてくるようになった。

カエルはチョウを食べた。だがそれも最初のうちだけで、やがてなにを与えようとしても、餌に興味を示す様子がなくなってしまった。

「もしあなたが親として、自然について子どもに教えられることなどほとんどないと感じているとしても、できることはたくさんあります」と、カーソンは僕たちを励ましてくれる。だが、虫や動物のことについて、経験も知識もない僕は、こういうときに本当に頼りないのだ。このままカエルが飢えてしまったら可哀想である。弱ってしまう前に庭に返そうかと、僕は息子たちに提案をしてみた。

なにを試してもカエルが餌を食べる様子がないので、息子たちもこの提案を受け入れてくれた。最初に見つけたときと同じ場所に放ってやると、カエルはぴょんとスナップエンドウのツルに飛び移って、ちょうど片手をあげたような格好で、僕たちのほうをみた。長男はその手に「タッチ!」と触れながら声をかけ、次男は「バイバーイ! またこんど会おうね」と元気に別れのあいさつをした。

カエルもきっと、僕たちと同じように、ただ餌を食べるためだけに生きているのではない。雨の音がしたり、風が吹いたり、日が昇ったり沈んだりするこの世界で、心地いい場所を見つけて、そこで生きていきたいのだ。そんな場所の一つとして、カエルがこの庭を選んでくれたのだとしたらありがたい。

カエルと別れてもうすぐ一週間になる。夕方に庭仕事をしていると、「コロロ、コロロ」と近くで鳴く声がする。隠れ上手なので姿は見えないが、きっとあのモリアオガエルにちがいないと思う。
カエルのために一喜一憂した時間は、夢か幻のように去ってしまった。だがその優しい鳴き声が聞こえてくるたびに、あの時間は夢ではなかったと、あたたかな気持ちになる。

*11　アシナガバチがハバチの幼虫に食らいつく瞬間は残念ながらまだ目撃したことがないが、ウツギの近くにアシナガバチが巣を作って以来、ウツギの葉に例年はたくさんいるハバチの幼虫の姿をわずかにしか見なくなった。

11

梅雨の晴れ間のある日、庭の生垣を剪定していると、カナメモチやヒサカキの枝葉のいたるところに張られたクモの巣が目に入ってきた。どの巣も真ん中に、なぜか同じように枯れ葉がかかっている。よく見ると、葉の陰にはどこも小さなオレンジ色の丸いクモが隠れている。

長年クモを研究してきた知人に聞いてみたところ、これはニホンヒメグモというクモらしい。枯れ葉のなかに卵を産み、母はしばらくそこで子育てをするのだという。枯れ葉はたまたまそこにひっかかっていたのではなく、クモが選んでそこに運んできたものだったのだ。

ハサミを片手に、木々の枝に手を伸ばしていくと、いつもは何気なく見逃していた物事が、ふと目に飛び込んでくることがある。手を伸ばし、指先で枝をつかむ行為が、自然を見るときの目の精度を変えているのだと思う。

手の運動とヒトの知覚がいかに分かちがたく浸透しあっているか——この点に関して、哲学者の下西風澄は著書『生成と消滅の精神史』のなかで、神経心理学者のウンベルト・カスティエロらの行った印象的な実験[*12]を紹介している。カスティエロらの研究によれば、ヒトは目の前にある対象をつかもうとして手を伸ばすとき、指の拡がりを無自覚のまま、対象の大きさに合わせてあらかじめ調整しているのだという。たとえば、サクランボをつまもうとするときには指の拡がる幅はサクランボに合わせて小さくなり、リンゴをつかもうとするときにはリンゴに合わせて大きくなる。

さらに面白いのは、目の前にあるサクランボに手を伸ばす際に、近くにリンゴを置いておくだけで、そうでない場合より、指の拡がる幅が大きくなるという。

知覚と行為が相互に分かちがたく絡み合っていることを、「知覚と行為のカップリング」と呼ぶ。サクランボをつまむ「行為」は、視界の片隅にある対象を繊細に感じる「知覚」を伴っている。実際、視界にたまたま入ったリンゴの知覚が、サクランボに手を伸ばす指先の運動を変化させてしまう。それほど、知覚と行為は絡み合っている。

子どもたちは気になるものがあると、すぐに手を伸ばす。カエルを両手でつかまえる。チョウを追いかける。花の匂いをかぐ。冷たい川の水の流れに手を浸してみる。

赤ちゃんのときに、身近なものになんでも手を伸ばし、口にくわえてみようとしていたのと同じように、自然のなかで見つけたものすべてを、彼らはまず自分の手で触ってみようとする。彼らの知覚と行為は、当たり前のように結合（カップリング）している。

庭仕事をしていると、僕もしばしのあいだ子どものようになる。自分の手で草木に触れ、土を掘り、石を拾い、落ち葉を集める。ハサミやノコギリなどいろいろな道具も使うが、最後は自分の手と指先が頼りだ。

苔むした庭の斜面に落ちた松の葉を一本ずつ拾っていると、アリが小さなミミズの死骸を運んでいる姿が目に飛び込んでくる。キンモクセイの枯れてきた古葉を一枚ずつ手でむしっていると、目の前で葉脈に沿うように、葉と一体化して擬態するサザナミスズメの幼虫に目の焦点が合う。

落ち葉を拾う。枝葉を手に取る。

自分の手を動かす身体の行為とともに立ち上がる庭の風景がある。手を動かすことがただの「運動」でしかないとしたら、便利な道具や機械に頼ったほうがいいだろう。手を動かしたり、手を汚したりせずに済むほうが合理的だ。しかし、手を動かすことが、運動とともに知覚を伴っているとすれば、自分の手の働きを機械に委ねることは、知覚の契機を手放してしまうことになる。

子どもたちはいつも喜んで庭仕事を手伝ってくれる。だが庭仕事そのものが楽しいという以上に、枝葉を切ったり、穴を掘ったりしているうちに、しばしば思いがけず「虫が見つかる」ような偶然に出会えることが、彼らにとっては面白いらしい。

虫は、「探そうとすると見つからない」（九二頁）ということに気づいてしまった長男は、虫を見つけるために、あえて探すのとは違うことをする。モリアオガエルを庭で見つけたのも、彼が畑で野菜を収穫している時であった。行為が知覚を生むということを、彼もまた、彼の経験のなかで、彼なりにわかっているのかもしれないと思う。

つい先日は、僕も庭でヒサカキの剪定をしているときに、おかしな方向に伸びた切り残しの枝を見つけた。ところがこれを手でつかもうとすると、なぜかふにゃりと変な感触がした。枝ではないが、生き物にも見えない……しばらく頭が混乱した。よく見ると、枝になりきったイモムシだった。トビモンオオエダシャクという蛾の幼虫らしい。

僕はその見事ななりきりぶりにすっかり感心してしまったが、これを見た次男は、「でも木には枝じゃないってバレてるんじゃない?」と笑った。たしかに、だまされているのはあくまで僕の視覚で、イモムシの実態は枝とはまるで別物だ。

『虫は人の鏡　擬態の解剖学』のなかで著者の養老孟司は、「擬態は一見よく似たものの実態がまったく異なる状況を指す」と書いている。「よく似る」ことが擬態だと僕は思っていたが、考えてみればむしろ「実態がまったく異なる」ことにこそ、擬態の不思議さや面白さがあるといえるのかもしれない。

では、似ているけれど異なるその「実態」とはなにか。これを確かめるためには、坐して情報を受け止めているだけではいけない。自分の手でイモムシに触れてみる。近づいてじっと観察してみる。全身を使ってよく感じてみることでこそ、擬態と実態の差がはっきりとしてくる。

「一見よく似たものの実態がまったく異なる状況」を広い意味での「擬態」と呼ぶことにするなら、擬態は、人間の世界でもありふれた現象である。

人工知能はまさに知能の擬態である。近年話題の生成ＡＩなどは、すでにある種の言語能力でも人間を凌駕しつつあるように見えるが、それが生み出す言葉がどれほど僕たちの知っている言葉と「よく似た」ものであったとしても、身体を持たない機械が膨大なデータを統計処理しながら吐き出す記号列は、人間が迷い、逡巡（しゅんじゅん）しながらつぶやく言葉と「実態」はまったく異なっている。

自分の経験で確かめたわけではない二次的な情報は、どれほど真実に似ていようとも、しばしば実態とかけ離れている。そのことに蓋をして、膨大な情報を摂取しているだけでは、擬態と実態の区別がつかなくなってしまう。

自然界がこれほど擬態にあふれているのは、擬態がしばしばうまく機能するからだ。どんな生き物も、物事の一面をうまく、素早くとらえる仕組みをそれぞれに持っている。だがそのとき同時に、多くのことが差し当たりは不必要な情報として捨てられてしまう。だから表面だけを似せた擬態に、僕たちは案外だまされてしまう。はてしなく複雑な世界を、有限の能力で認識するとき、見たつもりで見えていないことが残ってしまうのは、原理的に仕方のないことである。

だからこそ、何度でもくり返し、自分の身体でたしかめる必要がある。見慣れたものを見慣れたものとしてやり過ごすのではなく、同じ虫を、同じ植物を、身近にある同じ土地の同じ場所も、何度も自分の身体で感じ、経験し直してみる必要がある。

フランスの哲学者ミシェル・セールは著書『The Birth of Physics』(原題は"La Naissance de la physique dans le texte de Lucrèce : Fleuves et turbulences")のなかで次のように記している。

完全に開かれ、完璧に判読可能でありながら、同時にあまりにも無尽蔵なため、人類史のすべてをかけたとしても、見たり、読み解いたりすることができないものは、箱のなかの秘密よりも、さらによく隠れている。

葉の陰に潜むクモを見つけ、枝になりきったイモムシを見つけたとしても、自然はいまなお僕の前で隠れ続けている。どこか秘密の場所に引きこもることによってではなく、なにか未知の暗号によって身を隠すのでもなく、開かれ、完璧に読み取り可能な姿を惜しげもなく披露したまま、あまりにも無尽蔵であることによって隠れている。

しかしだからこそ、僕たちは自由であれる。自分がどのような姿勢で、どう相手に手を伸ばすかによって、自然がどんな姿を現すかは、だれにもわからないからである。同じ自然のなかになにを見つけ、なにと出会えるかは、結局は自分の行為次第なのである。

最近、庭で剪定した枝葉を砕いてチップにするためにガーデンシュレッダーを使っている。ニホンヒメグモにとってはたった一枚の葉でも子育ての場所になる。どんな枝葉も貴重な資源だ。庭で出た枝葉はなるべく庭に戻したい。シュレッダーで枝葉を細かく砕くと、枝葉の量(かさ)が減り、庭のあちこちに埋めたり敷いたりしやすくなる。

子どもたちと初めてこのシュレッダーを使ったとき、庭のあらゆる草木が混ざって砕かれた匂いに、僕たちは思わず声をあげてしまった。アカマツやマキ、スギ、アラカシ、モッコク、カナメモチ、アオキ、ヒサカキ、クチナシ、キンモクセイ、サクラ、ウメ……それはさながら、庭のすべてのいのちを一箇所に集めたような、複雑で、爽やかな香りだった。

「わあ、すごいいいにおい！」と言いながら長男は、シュレッドした草木を麻袋いっぱいに詰めると、「枕みたいだね！」と笑った。「たしかに！」と僕たちは、さっそくこれを庭に並べて、草木が詰まった麻袋を枕に、しばらく庭で横になった。

　庭仕事の疲労と、涼しい風と、庭の香りに包まれて僕は幸福だった。横でいかにも満足そうに空を見上げる彼を見ながら僕は、はたして自分は彼の年のころ、なにをしていただろうかと思った。いまとなっては、はっきりした記憶はほとんどないのだ。彼もまた、こうして庭で驚き、笑った記憶の多くを、忘れてしまうのかもしれない。

　この日の香りを、データに残すことはできない。写真にも、動画にも、この香りは残らない。だがいつか、彼らも自分で庭の剪定をする日が来るかもしれない。枝葉を捨てずに、庭に戻したいと思い、庭木をシュレッダーで砕く日が来るかもしれない。そのとき、庭の草木の複雑で爽やかな香りを感じて、この日のなにかを、思い出すかもしれない。庭の香りが、どんなデータよりも、遠い未来にまで記憶を届けるかもしれない。

　僕はそんな、夢のようにふたしかな空想にふけりながら、いつか息子たちが大きくなったあとも、ここに庭があり、木々が育っていたら、どんなに素晴らしいだろうかと思った。

寺田寅彦の「庭の追憶」という随筆がある。

ある日、寺田の郷里の旧宅の庭を写生した油絵が、上野で開催されている国展に出品されるという知らせが寺田のもとに届く。もうかれこれ三〇年以上も訪れていない庭だが、さっそく寺田は上野に出かけてみることにする。すぐにそれらしき絵が見つかるが、一見しただけではそれが自分の昔なじみの庭だとは思えない。ところが見ているうちに、「画面の中央の下方にある一枚の長方形の飛び石」が目についた。そしてそこから記憶が次々とよみがえってきた。

この石は、もとどこかの石橋に使ってあったものを父が掘り出して来て、そうして、この位置にすえたものである。それは自分が物ごころついてから後のことであった。この石の中ほどにたしか少しくぼんだところがあって、それによく雨水や打ち水がたまって空の光を照り返していたような記憶がある。

飛び石のすぐわきには、もともと細長い楠の木が一本あった。それは偶然庭に運ばれてきた小さな芽生えが、そのまま庭で育っていった木だった。「植物をまるで動物と同じように思って愛護した父」が、切らずにそのままにしているうちに、座敷のひさしよりも大きくなった。だが父の死後、旧宅を人に貸すようになってから、いつのまにか木は切られてしまった。だからこの絵には、楠の木が描かれていない。そのことが「妙に物足りなくもさびしくも思われる」と「庭の追憶」は続く。

寺田の記憶を呼び覚ましたのは、父の手紙でもなく、日記でもなかった。父がどこかから掘り出してきて庭にすえた「飛び石」が彼の記憶をよみがえらせる緒(いとぐち)となった。

植物を動物と同じように愛護した父は、きっと丁寧に庭を手入れしていたにちがいない。飛び石も、うえに落ち葉があれば拾い、しばしばほうきで砂も払っていただろう。その手入れされた飛び石のくぼみに、雨水や打ち水がたまった。ここに照り返す空の光が、寺田の思考や感覚とともにあり続けた。

言葉よりもたしかに記憶を伝える、庭の風景があった。

*

「セミは成虫になると二週間しか生きられないんだって」と長男がある日、目を丸くしながら語りかけてきた。七歳の夏、それから彼は、毎朝のようにセミをつかまえにいこうと僕を誘うようになる。

暑さにたえかねて川に飛び込むまでの短い時間の勝負だ。

最初はなかなか見つからなかったセミも、次第に次々と見つけられるようになった。

どこにアブラゼミがいて、どこにクマゼミがいるのか。それがすらすらとわかる彼は、二週間前にはまだどこにもいなかった。たった二週間で生命は、なんと目まぐるしく変わっていくのだろうか。

「ほらみて、木の汁を吸う口がここにあるでしょう?」

「このクマゼミは羽が折れちゃってる」

「うわ、このアブラゼミめちゃくちゃ元気だ!」

短い生を全力で生きるセミ。そしてそれを追いかける少年。

長男の指のなかで、セミが腹の筋肉をふるわせている。

どんな言葉を尽くすよりもたしかな、手で触れられる経験――父がセミについて知っているすべてを超える密度で、少年はセミからいま、なにかを学んでいる。

暑い夏はいつまでも続くわけではない。僕たちはいつまでも生きるわけではない。

それでもいま、僕たちは生きている。

セミも少年も、そのことをよくわかっている。

束の間の夏、束の間の邂逅だ。

長男が手を離すと、セミは勢いよくからだをふるわせて、真夏の青い空へと、高く飛び立っていった。

＊12 Umberto Castiello, The neuroscience of grasping, *Nature Reviews Neuroscience*, 6(9), 726-736, 2005.

結　僕たちの「センス・オブ・ワンダー」へ

　カーソンの別荘を訪れた夏のある満月の夜、ロジャーはカーソンの膝の上に乗って、月と、海と、大きな夜空を見つめたあとに、「きてよかったね」とささやく。『センス・オブ・ワンダー』のなかで、もっとも印象的な場面のひとつだ。

「きてよかったね」

　すべての子どもたちが、この星に生まれてきた経験を、心からそう思えたら、どれだけ素晴らしいだろうか。だが現実の生は、いつも「きてよかった」と、思える瞬間ばかりではない。

害虫駆除のための農薬として当時使われていた「DDT」撒布による鳥への被害を訴える手紙を、レイチェル・カーソンが友人から受け取ったのは、のちに『センス・オブ・ワンダー』となるエッセイ「Help Your Child to Wonder」を彼女が発表した翌年のことである。この手紙がきっかけとなり、カーソンは、彼女にとって生前最後の著書となる『沈黙の春』の執筆へと邁進していく。

地球上であらゆる生命は、たがいに分かちがたくつながりあっている。害虫の駆除という特定の目的のために人間が地上に撒布（さんぷ）している物質は、生態系の繊細な相互作用の網を通じて、環境の隅々にまで浸みわたっている。人間にとって「有害」な虫を殺傷するために撒かれた物質は、川や海や土を汚染し、さまざまな動物の生命を傷つけながら、やがて生態系の網を循環し、人間自身のもとにまで回帰してくる。この戦慄すべき事実を、科学者として、また美しい言葉を紡ぐ一人の作家として描き出し、時代に先駆けて警鐘を鳴らした『沈黙の春』は、地球規模の「環境問題」に世界が目覚めるきっかけとなった。人間のあまりに放縦な活動によって、地球のいたるところで自然の生態系が変調しつつあるという現実――それは、私たちは本当にここにきてよかったのだろうかと、厳しい問いを突きつけてくる現実でもある。

科学的な観察や思考は、自然の驚異をより精緻に受け止める力を人に授けてくれる。『センス・オブ・ワンダー』のカーソンは、科学者として育んできた知性と感性を通して、子どもの心と共振しながら、自然の繊細な美を発見していく。だがその同じ観察眼で彼女は、自然が人間の力で蝕(むしば)まれていく過程をも目の当たりにしていく。どんな小さな不思議も見逃すまいとする彼女の注意深い目には、自然の奇跡的なまでの調和と秩序だけでなく、その調和を乱していく人間の活動の爪痕の深さも、ありありと見えてしまった。

カーソンは観察の人であった。美しいもの、見たいものだけを見て、見たくないものに目をつむるのは「観察」ではない。カーソンの著書を読んでいると、いわゆる「環境」問題の根っこにあるのも、結局は人間による環境の観察の欠如なのかもしれないと思う。目の前で起きていることを見ようとしないこと、あるいは、感じようとしないこと。その結果として、僕たちはあまりにも「無自覚に風景をいためつけて」[*13]きた。だからこそ、水の循環を、土壌のうごめきを、植物の生きる姿を、もっとよく見よと、『沈黙の春』のカーソンは、読者にくり返し呼びかけているのだ。

「Help Your Child to Wonder」において、子どもと自然との共感に満ちた時間を描いたカーソンは、『沈黙の春』において、人間の活動がもたらす環境の汚染と、生命の苦しみを描いた。この彼女の歩んだ道をふりかえるとき、僕はふと、こんな言葉を思い出す。

根底から壊れていくこの世界を前にして、より多くの共感は、より深い苦しみを意味した。

これはリチャード・パワーズの小説『Bewilderment』（邦題は『惑う星』、引用は筆者訳）の一節である。

シングルファーザーの父シーオ（Theo）と九歳の息子ロビン（Robin）の二人を主人公に描かれるこの物語は、パワーズによる『センス・オブ・ワンダー』へのオマージュともいえる作品である（実際、この物語の冒頭には、エピグラフとして『センス・オブ・ワンダー』の一節が引用されている）。

ロビンは、学校にうまく馴染めていない。先生からは問題児扱いされていて、医師からは向精神薬の服用を勧められている。感じやすく、傷つきやすい息子の心を、父のシーオは、できれば薬に頼ることなく救いたい。

親子の支えは、ロビンの亡き母が彼らに教えてくれた、この惑星で生きるという経験の

「センス・オブ・ワンダー」である。

明日がまるで今日の複製であるかのように、自分の心を守るために感じるのをやめて生きていくのではなく、ロビンは、一度きりのいまを、目を見開いて、一瞬たりとも逃すまいとして生きる。

目的や結論を先取りすることなく、その場で揺れ動きつつ、周囲に耳を傾け、感応しながら生きていくこと。まさに「ワンダー」の姿勢を貫き、この世界を受け止めていくロビンの心は、川や鳥、風や木々との共感を深めていけばいくほど、同時に、深く傷ついていく。

父はあるとき、この事実に気づいて愕然（がくぜん）とする。息子にとって、この世界がこれほどまでに生きにくいのは、他者と共感する力を欠いているからではなかった。むしろ、あまりにも深く共感できるからこそ、彼は苦しんでいるのであった。

より多くの共感は、より深い苦しみを意味する――ロビンもカーソンも、この矛盾に背を向けるのではなく、正面から飛び込んでいった。心を閉ざすことで自分を守るのではなく、感じることをやめずに、それでも生きていこうとした。

悲しみから目を背けるのではなく、悲しみに根ざしたまままさらに深く共感を育んでいくこと。『沈黙の春』を書き上げたカーソンはふたたび、ロジャーとともに歩んだ共感の日々へと回帰し、これを記録したエッセイを最後の仕事として完成させることを夢見た。

『沈黙の春』は、いまでは環境問題や公害問題の「古典」として読み継がれている。その後に大きな影響力を持つことになるローマ・クラブの『成長の限界』（一九七二年）や一九九〇年以降に発表されていくＩＰＣＣ（気候変動に関する政府間パネル）の評価報告書など、「地球の有限性」に警鐘を鳴らす一連の重要なテキストへと連なる端緒をなす一冊である。出版から六十年以上もの歳月を経て、いまでもこの本が多くの読者に読み継がれているのは、カーソンが警告した問題が、その根本的な構造において、いまだ解決されていないからでもある。

カーソンは、人間の生み出す化学物質が、食物連鎖を通じていかに自然を奥深くまで「汚染」しつつあるかを、戦慄とともに告発した。ところがいまとなっては、恐ろしいことに、この告発に新鮮な驚きを感じることのほうがむしろ難しい。もはや人間の活動は地球のいたるところに浸透し、人間の活動に染められていない場所を見つけることは困難だ。海洋中のプラスチックを消すことも、地球上に散らばる放射性廃棄物を一掃することもできない。現代の人間をとりまく環境を考えるとき、自然から人間の影響だけを、清潔に切り離すことはできない。

カーソンの警鐘から半世紀以上を経て、いまの僕たちにできることがあるとするなら、それは人間の力を否定し、排除しようとするだけでなく、人間の力をも一つの力として受け入れ、これを生かしていく道を探していくことだと思う。

人間の活動によって広がっていくのは、環境を汚染する「毒」だけではない。自然は美しく、人間は恐ろしいと、人と自然を対立させてしまうことができるほど事態は単純ではない。僕たちはそもそも、自分ではないものたちと、すでに深く混ざり合っている。それこそが、生態学的なものの見方が教えてくれる、大切なメッセージである。

共感がもたらす深い悲しみのなかにいるだけでは、人は溌剌と生きていくことはできない。生きていてもいい、生きていたいと、生きることを欲望できることは、いきいきと生きていくための条件である。

現代において、環境の問題は、カーソンの時代に比べていっそう深刻化し、全面化している。気候変動や生物多様性の急激な減少など、根底から壊れていくこの世界の現実を前に、人類がこれまでの生き方をあらためていく必要があることは明らかである。

だが問題は、この「必要」という点にある。僕たちは果たして「必要」の一点だけに、生の全体を託してしまっていいのだろうか。

この点に関して、社会学者の見田宗介が著書『現代社会の理論』のなかで、印象的な議論を展開している。ここで見田はまず、そもそも「必要」ということが一般に、最も基礎的な価値として疑われないのは、なぜなのかと問う。「必要」とは「生きるための必要」である。とすれば、「必要」が、すべての価値の基礎として疑われないのは、生きることが、生きていないことよりもよいことだと信じられているからである。

だがそれはどうしてなのだろうか。どうして生きていることは、生きていないことよりもよいことなのか。これに対して見田は、突き詰めればそれは、「生きるということが、どんな生でも、最も単純な歓びの源泉」だからなのだという。

続けて、次のように書く。

「語られず、意識されるということさえなくても、ただ友だちといっしょに笑うこと、好きな異性といっしょにいること、子どもたちの顔をみること、朝の大気の中を歩くこと、陽光や風に身体をさらすこと、こういう単純なエクスタシーの微粒子たちの中に、どんな生活水準の生も、生でないものの内には見出すことのできない歓び」がある。だが逆に、

「このような直接的な歓喜がないなら、生きることが死ぬことよりもよいという根拠はなくなる」。結局、「歓喜」と生きることへの「欲望」は、「必要よりも、本原的なもの」なのである。

『沈黙の春』を書き上げたカーソンは最期に、『センス・オブ・ワンダー』の完成を夢見ていた。『沈黙の春』で彼女は、現代の人類が、この地球とともに生きていくために、なにが必要かを明快に論じた。だが彼女もまた、一人の人間として、ただ「必要」のなかだけに生きることはできなかった。彼女はふたたび、ロジャーと歩んだ日々の歓びを、書き残していきたいと願った。

根底から壊れていくこの世界で、それでも生き延びていくためには、僕たちはなにを考え、なしていく必要があるだろうか。「必要」はますます切迫している。しかしだからこそ、僕たちは必要の奥で、必要に意味を吹き込む、歓びの源泉を見つけ出していかなければならない。

必要よりも、本原的なもの——限りある生を生きる「歓び」を発見し、分かち合い、育んでいくこと。これから生まれてくるすべての子どもたちが、「きてよかったね」と心から思える、そういう世界を作り出していくこと。僕たちが何度でも新たに、それぞれの

「センス・オブ・ワンダー」を生き、書き継いでいこうとしているのもまた、このためなのである。

＊13　*Silent Spring* (p. 51) でカーソンは、"our unthinking bludgeoning of the landscape" という印象的な表現をしている。

あとがき

石や花、雪や風——自然を織りなすすべてがそうであるように、人間の言葉もまた、とても不思議で、はてしない。本書を翻訳しながら、僕は何度もそう感じていた。同じ森、同じ庭を何度訪れても、いつも新しい発見があるように、短いテキストだが、カーソンの『The Sense of Wonder』もまた、再訪のたびに、新しい風景が浮かび上がってきた。

目の前にあるものを「よく見る」ことは、簡単ではない——本書でくり返しカーソンが読者に語りかけていることだが、同じ自然、同じ言葉に、ずっと関心を集めていると、それまで見えなかったなにかが、見えてくる瞬間がある。

それはほんとうに特別な経験なのだ。あるとき、カーソンの声が、はっきりと聞こえてくる。新しい確信をもって、よりふさわしいと思える言葉にたどりつく。

そうして僕は、翻訳の喜びに、すっかり魅了されてきた。

翻訳はもちろん、ただ一人でできる仕事ではなかった。

本書の翻訳は、たくさんの人の力を借りながら進んできた。

とりわけ、古生物学者の泉賢太郎さん、植物観察家の鈴木純さん、動物行動学者の中田兼介さん、土壌学者の藤井一至さん、都市史研究者の松田法子さん、鳥類学者の三上修さん、イモムシ画家の桃山鈴子さんには、ゲラの段階で翻訳原稿に目を通してもらい、いくつもの貴重な指摘やコメントをいただいた。鳥類学者の目線、植物観察家の観点、イモムシ画家の視点……新しい見方が加わっていくたびに、カーソンのテキストが立体化していく過程は、ほんとうにスリリングだった。

『The Sense of Wonder』には、すでに日本で長く読み継がれてきた上遠恵子さんによる翻訳がある。本書の翻訳が一段落したとき、上遠さんによる翻訳をあらためて開いて、同じテキストでも、多様な読み方に開かれていることを感じると同時に、こうして対話できる「もうひとつの訳」があることのありがたさをしみじみと感じた。本書の翻訳を最初に完遂された先達として、上遠恵子さんには心からの敬意を表したい。

本書のために美しい装画と挿絵を描いてくださったのは、西村ツチカさんである。時空を超えて、テキストを翻訳すること、書き継いでいくことの意味を、風景を通して見事に描き出してくださった。さらに鈴木千佳子さんの装幀によって、このすべてが一冊の凛とした佇まいの本としてかたちになった。

本文でも述べた通り、本書のはじまりは、筑摩書房の吉澤麻衣子さんからの一通のメールだった。そこからいまにいたるまで、このプロジェクトは決して平坦な道のりばかりではなかった。それでも、必ずいい本ができるという彼女の確信は、なぜか少しも揺らぐ様子がなかった。その確信に支えられて、僕もここまで全力で歩み続けることができた。たくさんの素晴らしいご縁にめぐまれ、こんなにも祝福されながらこの本が読者のもとに旅立とうとしていることを、僕は嬉しく、ほんとうにありがたいことだと感じている。

翻訳に着手してから、本書の完成にいたるまでのあいだに、子どもたちは目をみはる速度で成長していった。長男は四歳から七歳になり、次男は一歳から四歳になった。この日々を、カーソンのテキストとともに歩んでこれたことは、幸せなことであった。

過ぎ去った日々がかえってくることはないが、ここに刻まれた時間が、時空を超えてまた、未来にやってくるたくさんの子どもたちの日々と、響き合えたら素晴らしいと思う。

僕は鳥のように美しい声で鳴くことができない。大樹のように高くそびえ立つこともできない。僕はひとりの小さくて弱い人間でしかない。

それでも人間には言葉がある。言葉には、言葉の力がある。

鳥のようにさえずり、樹木のように枝を広げるかわりに、僕は一冊の本を読者に届けたい。

本書に込めた願いはひとつだ。この星に生まれたすべての生命が、ここに「きてよかった」と思える世界をつくりたい。

そのために一冊の本にできることはわずかかもしれない。だが一匹のハチ、一本の木、一輪の花にできることもわずかなのだ。そのわずかな力が合わさったとき、どれほど偉大なことをなしえるか――それこそ、自然の驚異（ワンダー）というほかない。

二〇二四年一月　森田真生

参考文献

◆ Rachel Carson, *Silent Spring*, Penguin Books, 2000.（邦訳『沈黙の春』青樹簗一訳、新潮文庫、１９７４）

◆ Rachel Carson, *The Sense of Wonder: A Celebration of Nature for Parents and Children*, HarperCollins Publishers, 1998.（邦訳『センス・オブ・ワンダー』上遠恵子訳、新潮社、１９９６／新潮文庫、２０２１）

◆ Robin Wall Kimmerer, *Gathering Moss: A Natural and Cultural History of Mosses*, OSU Press, 2003.（邦訳『コケの自然誌』三木直子訳、築地書館、２０１２）

◆ Linda Lear, *Rachel Carson: Witness for Nature,* Mariner Books, 2009.

◆ Timothy Morton, *Realist Magic: Objects, Ontology, Causality*, Open Humanities Press, 2013.

◆ Timothy Morton, *Humankind: Solidarity with Non-Human People*, Verso, 2019.

◆ Richard Powers, *Bewilderment*, Hutchinson Heinemann, 2021.（邦訳『惑う星』木原善彦訳、新潮社、２０２２）

◆ Michel Serres, *The Birth of Physics*, Translated by David Webb and William Ross, Rowman & Littlefield International, 2018.

◆ William Souder, *On a Farther Shore: The Life and Legacy of Rachel Carson, Author of Silent Spring*, Crown Publishers, 2012.

◆ 稲垣栄洋『植物はなぜ動かないのか　弱くて強い植物のはなし』ちくまプリマー新書（２０１６）

◆ 内山節『時間についての十二章』農山漁村文化協会（２０１５）

◆ 加藤典洋『人類が永遠に続くのではないとしたら』新潮社（２０１４）

◆鎌田浩毅『地球とは何か　人類の未来を切り開く地球科学』サイエンス・アイ新書（2018）
◆上遠恵子監修、レイチェル・カーソン日本協会編『13歳からのレイチェル・カーソン』かもがわ出版（2021）
◆G・ガリレイ『星界の報告』伊藤和行、講談社学術文庫（2017）
◆唐木順三『日本人の心の歴史（上・下）』ちくま学芸文庫（1993）
◆河合隼雄『〈心理療法〉コレクションV ユング心理学と仏教』河合俊雄編、岩波現代文庫（2010）／『〈物語と日本人の心〉コレクションIII 神話と日本人の心』河合俊雄編、岩波現代文庫（2016）
◆小島渉・文、廣野研一・絵『カブトムシの音がきこえる　土の中の11か月』福音館書店（2021）
◆斎藤正二『植物と日本文化』八坂書房（2002）
◆佐藤文隆『光と風景の物理』岩波書店（2002）
◆実重重実『感覚が生物を進化させた　探究の階層進化でみる生物史』新曜社（2021）
◆下西風澄『生成と消滅の精神史　終わらない心を生きる』文藝春秋（2022）
◆鈴木博之『庭師　小川治兵衛とその時代』東京大学出版会（2013）
◆鈴木康久、肉戸裕行『京都の山と川「山紫水明」が伝える千年の都』中公新書（2022）
◆園池公毅『光合成とはなにか　生命システムを支える力』講談社ブルーバックス（2008）
◆滝澤恭平『ハビタ・ランドスケープ』木楽舎（2019）
◆多田満『レイチェル・カーソンはこう考えた』ちくまプリマー新書（2015）
◆筑摩書房編集部『レイチェル・カーソン――『沈黙の春』で環境問題を訴えた生物学者』筑摩書房（2014）
◆寺田寅彦『寺田寅彦随筆集　第一巻』小宮豊隆編（以下同）岩波文庫（1947）／『寺田寅彦随筆集　第二巻』岩波文庫（1947）／『寺田寅彦随筆集　第四巻』岩波文庫（1948）
◆永田和宏『生命の内と外』新潮選書（2017）
◆中谷宇吉郎『雪を作る話』平凡社（2016）

◆西川伸一、倉谷滋、上田泰己『生物のなかの時間　時計遺伝子から進化まで』PHPサイエンス・ワールド新書（2011）
◆平井靖史『世界は時間でできている　ベルクソン時間哲学入門』青土社（2022）
◆D・ブオノマーノ『脳と時間　神経科学と物理学で解き明かす〈時間〉の謎』村上郁也訳、森北出版（2018）
◆見田宗介『現代社会の理論　情報化・消費化社会の現在と未来』岩波新書（1996）
◆E・メイヤー『腸と脳　体内の会話はいかにあなたの気分や選択や健康を左右するか』高橋洋訳、紀伊國屋書店（2018）
◆養老孟司『虫は人の鏡　擬態の解剖学』毎日新聞出版（2020）
◆N・レーン『生命、エネルギー、進化』斉藤隆央訳、みすず書房（2016）

レイチェル・カーソン

Rachel Louise Carson

1907-1964　アメリカ合衆国ペンシルベニア州生まれ。アメリカ内務省魚類野生生物局の水産生物学者として研究に励む。1962年化学物質の危険性を取り上げた著書『沈黙の春』(*Silent Spring*)で公害問題を厳しく告発、環境問題の嚆矢となる。『センス・オブ・ワンダー』は1956年に雑誌発表、未完のままに死後単行本化された。ほか著書に『潮風の下で』『われらをめぐる海』『海辺』などがある。

森田真生

Morita Masao

1985年生まれ。独立研究者。京都を拠点に研究・執筆の傍ら、国内外で様々なトークライブを行っている。著書『数学する身体』で第15回小林秀雄賞受賞、『計算する生命』で第10回河合隼雄学芸賞受賞、ほかに『偶然の散歩』『僕たちはどう生きるか』『数学の贈り物』絵本『アリになった数学者』などがある。

＊「センス・オブ・ワンダー」は訳しおろしです。
底本は以下を使用しました。
Rachel Carson,
The Sense of Wonder: A Celebration of Nature for Parents and Children,
HarperCollins Publishers, 1998.
＊「僕たちの「センス・オブ・ワンダー」」は
PR誌「ちくま」(2022年8月号～2023年9月号)の連載に、
大幅に加筆訂正を行ったものです。

センス・オブ・ワンダー

2024年3月25日　初版第一刷発行
2024年9月15日　初版第七刷発行

著者／レイチェル・カーソン
著・訳者／森田真生
装画・挿絵／西村ツチカ

発行者／増田健史
発行所／株式会社　筑摩書房
東京都台東区蔵前2-5-3　郵便番号111-8755
電話番号　03-5687-2601（代表）

装幀者／鈴木千佳子
印刷／TOPPANクロレ株式会社
製本／加藤製本株式会社

ISBN978-4-480-86096-5　C0040
Title:THE SENSE OF WONDER　Author:Rachel Carson